文春文庫

子ごころ親ごころ

藍千堂菓子噺

田牧大和

文藝春秋

子ごころ親ごころ　藍千堂菓子噺

目次

扉絵　鈴木ゆかり

主な登場人物

藍千堂
晴太郎――気弱だけれど心優しい菓子職人で藍千堂の主。
幸次郎――晴太郎の弟。キレ者で藍千堂を仕切る番頭。
茂市――晴太郎と幸次郎の父の片腕だった菓子職人。

佐菜――娘のさちと二人暮らしだったが、晴太郎に嫁いだ。
さち――佐菜の連れ子。訳あって五歳で晴太郎の実の娘ということに。

清右衛門――江戸でも屈指の上菓子屋、百瀬屋の二代目。晴太郎兄弟の叔父。
お糸――清右衛門の娘で、晴太郎兄弟の従妹。幸次郎に思いを寄せる。
尋吉（千尋）――百瀬屋の手代。
お早（千早）――百瀬屋の女中。尋吉の双子の妹。
伊勢屋総左衛門――薬種問屋の主。晴太郎兄弟の父の親友。
岡丈五郎――南町定廻同心。藍千堂の焼き立ての金鍔が大好物。

子ごころ親ごころ

藍千堂菓子噺

序　さち――菓子の味と虫の報せ《しら》

おとみちゃんは、友だちだ。

さちがとと様の娘になって初めて、ううん、生まれて初めて出来た、友だちだ。

おっ母《か》さんは、「友だちをつくってはいけない」とは言わなかったけど、なんとなく、さちは誰とも仲良くなっちゃいけないような気がしていた。

おっ母さんが、とても心配するから。

でも、おっ母さんがとと様と出逢って、とと様のお嫁になって、神田《かんだ》へ越してきて。

どんどん、おっ母さんは嬉しそうに、幸せそうになっていった。

心配事も減ったみたいだった。

さちが、家の少し遠くで遊んでも、ひとりで出かけても、心配しなくなったもの。

だから、おとみちゃんに「友だちになろう」って言われた時は、とっても嬉しかった。

やっと、さちにも友だちができるんだ、って。

おとみちゃんは、さちの神田の家と『藍千堂《おみせ》』がある相生町《あいおいちょう》から神田川へ行く途中、佐久間町《さくまちょう》というところにある、長屋に住んでいる。

いつもは、さちの家の裏の原っぱで春は花摘みをして、秋は綺麗な葉や実を拾ったりして遊んでいる。おとみちゃんの家の近くの橋で通り過ぎる人たちを見ながら、どんな人なのか、晩のおかずは何か、あれこれ勝手に考えながらおしゃべりするのも、楽しい。

おとみちゃんを家に誘っても、必ず哀しそうに笑って「行かない」と断られるから、さちもなんとなく、おとみちゃんの家には行っちゃいけないような気がしていた。

なのにある日、おとみちゃんが、うちにおいで、と誘ってきた。

恐る恐る、いいの、と訊《き》き返したら、おとみちゃんは嬉しそうに笑って答えた。

――うん、おっ母さんが、ようやくいい、って言ってくれたから。

嬉しい一方で、今まではだめだと言われていたんだ、と思うと、胸の隅っこが、つきりと痛んだ。

やっぱり、さちは、おとみちゃんのおっ母さんに嫌われてたんだ、と。

それは、さちにだけ後からいい「お父《と》っつあん」が出来たからだろうか。

それとも、さちが「菓子屋の娘」なのに、お菓子を「おすそ分け」しなかったからだろうか。

でも、とさちは、こっそり首を横へ振った。

いいんだ。家に呼んでくれたってことは、もう嫌われてないってことだもの。

おとみちゃんの家へ遊びに行く日、おっ母さんが、庭で採れた茄子《なす》を持たせてくれた。

お菓子はだめって、お糸《いと》姉さまが言ったから。

町場《まちば》の子供達は、滅多に食べられるものじゃないから。さちが『藍千堂』のお菓子を毎日食べられるのはそれが「さちの仕事」だからで、さちの物じゃないから。

それはきっと、正しいのだと、さちは思う。

本当は、おとみちゃんと一緒に、とと様と茂市《もいち》っちゃんのお菓子を食べて、美味《おい》しいねって笑いたい。

でも、お糸姉さまは、きりっとしてかっこいい。

さちは、お糸姉さまのように、きりっとかっこよくなりたい。

だから、お糸姉さまの言うことは、正しいのだ。

庭の茄子なら、さちも沢山お世話を手伝ったから、きっと大丈夫。

どきどきしながら、橋の袂《たもと》で待ち合わせたおとみちゃんと、おとみちゃんの長屋へ行った。

おとみちゃんのおっ母さんは、少し疲れているような顔をしていて、優しいさちのおっ母さんとも、明るい八丁堀《はっちょうぼり》のおろく小母《おば》さんとも、ちょっと近寄りがたいお糸姉さまのおっ母さん——お勝大叔母《かつおおおば》様とも、違って見えた。

おっ母さんと二人暮らしをしていた頃の、長屋の「大きな声のおかみさん達」とも、少し違っていた。

それでも、さちを喜んで迎えてくれて、「立派な茄子を沢山ありがとね」と、笑ってくれた。

さちがびっくりしたのは、おとみちゃんのおっ母さんが、煉羊羹《ねりようかん》を出してくれたことだ。

煉羊羹は、蒸羊羹《むしようかん》に比べ、随分《ずいぶん》上等なお菓子だ。

『藍千堂《うち》』のお菓子を「おすそ分け」したことはないのに、貰《もら》ってもいいのだろうか、と、さちは戸惑った。

「おさっちゃんのお家とは違う店だけど、おいしいわよ」

おとみちゃんのおっ母さんに勧められ、お礼を言ってから眺める。

艶《つや》は、『藍千堂』の方がむらがない。

色も、『藍千堂』に比べてくすんでいる。

香りは――。

なんとなく、味に見当《けんとう》がついてしまったさちは、溜息《ためいき》を呑み込んだ。

お糸姉さまの言葉が、頭に浮かぶ。

――他の店の菓子を食べるのも、いずれは勉強になるけれど、おさっちゃんにはまだ早いわね。まずは、晴太郎従兄《はるたろうにい》さんと茂市っつあんがつくる『藍千堂《あいせんどう》』のとび切り美味しい菓子をしっかり覚えることからよ。本当に美味しい菓子をちゃんと舌が覚えれば、駄目《だめ》な菓子を食べてもすぐに分かるから。「これは、違う」って。今は妙な味を覚えちゃだめ。

きっとこれは、違うやつだ。

「どうしたの」と、おとみちゃんのおっ母さんに訊かれ、さちは覚悟を決めた。

あとで、お糸姉さまにちゃんと叱られよう。

ちょっと笑って、「頂きます」と告げ、随分と厚く切った羊羹を――黒文字《くろもじ》楊枝《ようじ》はついていなかったので、仕方なく――手で持ち上げてひと口齧《かじ》る。

やっぱり。

砂糖は黒砂糖。

でも、『藍千堂』の黒砂糖とは全く違う。香ばしさもないし、ちょっと苦い。甘みも、なんだろう。そう、ぺらぺらだ。

舌にほんの少し残る、きゅうっと縮まる感じは、渋みかしら。

渋柿を食べてしまった時と、ちょっと似てるもの。

きっと、これは小豆《あずき》の味ね。

先だって、茂市っちゃんが教えてくれたから。

小豆の「渋切り」があまいと、渋くなるって。小豆の美味しいところも、ぼんやりしているような。

その他にも、ちょっとずつ変な味と匂いがする。そうだ、寒天《かんてん》かもしれない。きっと、「下拵《したごしら》えをちゃんとしてない」んだわ。

これも茂市っちゃんが、

――棹物《さおもん》は、寒天の下拵えをちゃんとしてねぇと、味が濁るんでごぜぇやすよ、嬢ちゃま。「濁る」ってぇのは、そうですね。ちょとずつ、妙な味が交じるってぇか、例えば、綺麗な水に、泥水がほんのちょっぴり混じるような、そんなとこでしょうかねぇ。

って、教えてくれた。

「美味しいでしょう」

と、おとみちゃんのおっ母さんに顔を覗《のぞ》き込まれ、さちは、どうにか笑って「はい」と応じた。

でも、とさちは考える。

これでもきっと、十分美味しいのだろう。さちが普段食べているとと様や茂市っちゃん――『藍千堂』のお菓子が、飛び切りなだけだ。

だって、ちゃんと砂糖を使ってるんだから。

ちびちびと、正直あまり気の乗らない羊羹を食べながら、さちはふと気になって、おとみちゃんをそっと見遣《みや》った。

ひょっとして、普段からこうして煉羊羹を食べているのだろうか、と。

けれどおとみちゃんは、目を輝かせて、夢中で煉羊羹を頬張っている。

おとみちゃんのおっ母さんが、おとみちゃんの口の端に付いた煉羊羹の欠片《かけら》を指で拭う。おとみちゃんの笑顔がはじけた。

「おいしいね、おっ母さん。あたし、初めて食べたけど、おさっちゃんの家《うち》も、こんなおいしいお菓子、作ってるの」

眩しい顔で訊かれ、さちは慌てて頷いた。

もっと、ずっと美味しい、とは、申し訳なくて言えなかった。

おとみちゃんのおっ母さんも、そう、と笑った。おとみちゃんだけを見て。

さちは、その笑顔が妙に引っかかった。

構って貰えなかったのが、寂しいからじゃない。

おとみちゃんが嬉しいなら、さちも嬉しい。

ただ、気になったのだ。

どうして、急にさちは、おとみちゃんの家へ遊びにくることが出来たのだろう。

どうして、おとみちゃんが今まで食べたことがなかった煉羊羹を、出してくれたのだろう。

どうして、おとみちゃんのおっ母さんは、おとみちゃんを見つめて笑うのだろう。

まるで、おとみちゃんのことを、ちゃんと覚えておこうとしているように。

妙な胸騒ぎがする。

そのせいもあって、さちは煉羊羹を食べ進めるのに、酷《ひど》く苦労をした。

次の日だった。

いつもの通り、いつもの橋の袂で、待ち合わせをしていたおとみちゃんが、泣きながらやってきたのは。

一話

友との別離《わかれ》と「煉羊羹」

上菓子司《じょうがしつかさ》『藍千堂《あいせんどう》』の主《あるじ》にして菓子職人の晴太郎《はるたろう》は、機嫌がよかった。

青葉が眩しい、夏の初め。梅雨《つゆ》や晴太郎の苦手な蒸し暑さはもう少し先で、この頃は、明るい日差しと湿気のない爽やかな風が気持ちがいい。

神田相生町《かんだあいおいちょう》の片隅にある小さな店ながら、『藍千堂』のつくる菓子は大層な評判で、茶席で出される上菓子、進物にもなる薯蕷饅頭《じょうよまんじゅう》や煉羊羹《ねりようかん》は勿論のこと、「たまの贅沢」なら手が出せるような値の菓子から、時折扱う子供のお八《や》つにもなる四文菓子まで、味も見た目も飛び切り。

「思わず顔が綻《ほころ》ぶような菓子と出逢える」「菓子は『藍千堂』でなければ」という熱心な贔屓客《ひいききゃく》が、大勢ついている。

季節ごと、節句ごとに『藍千堂』が出す、工夫を凝らした菓子を楽しみに待っている客も多い。

後ろ盾は界隈《かいわい》の顔役、薬種問屋《やくしゅどんや》『伊勢屋《いせや》』。幕閣《ばっかく》に名を連ねる大物も『藍千堂』を贔屓にしているというのだから、そこその大店《おおだな》では太刀《たち》打《う》ちができない。

商いから客あしらいまでを取り仕切るのは晴太郎の弟、幸次郎《こうじろう》だ。職人は晴太郎と、兄弟を産まれた時から知っている茂市《もいち》の二人である。

いつも繁盛している『藍千堂』だが、取り分けここしばらくは、桜に合わせた菓子「百代桜《ももよざくら》」、端午《たんご》の節句の柏餅と人気の菓子が続き、三人とも目が回るほどの忙しさをあじわった。

忙しいのは嬉しいと、晴太郎は思う。

それだけ、『藍千堂』の菓子を楽しんでくれているという証《あかし》だから。

でも、やはり忙しさが落ち着けば、ほっとする。

「随分、嬉しそうね、従兄《にい》さん」

からかうような笑みを含んだ声で言ったのは、従妹《いとこ》のお糸《いと》だ。訳あって、二十一の若さ、女子《おなご》の身で、日本橋の『百瀬屋《ももせや》』――晴太郎と幸次郎の実家の菓子司を切り盛りしている。

お糸はよくこうして、用心棒を兼ねた女中、お早《はや》を連れて『藍千堂』を訪ねてくるのだ。

八つ刻《どき》の休みは済んでいたが、せっかくなので、外回りから帰っていた幸次郎、茂市を入れた五人、店先を気にしつつ、作業場で焼き立ての金鍔《きんつば》を頬張った。

晴太郎は、からかうような従妹に胸を張って答えた。

「そりゃあ、嬉しいよ。ようやく目の回る忙しさが一段落して、ほっとできるようになったんだから」

お糸が、切れ長の目を瞠《みは》った。

「あら、菓子ばかの従兄さんが珍しい。晴太郎従兄さんなら、ここは仕事が落ち着いて手持ち無沙汰だ、と嘆くところじゃないの」

「いくら俺でも、そこまで菓子作り一辺倒じゃないさ。おさちを川遊びに連れて行ってやりたいし、佐菜《さな》とも出かけたい。それに、今年の桜はみんなで見たけど梅は見そこねたからね。季節のあれこれをちゃんと見ておかないと、新しい菓子の工夫が進まないかもしれないだろう」

小さな静けさの後、幸次郎が苦い溜息を吐《つ》き、お糸が呆れた風で肩を落とした。あはは、と遠慮ない笑い声を上げたのはお早、笑い上戸の茂市は晴太郎から顔を逸らし、肩を震わせ耐えている。

「なんだい、皆して」

問うた晴太郎に、お糸が冷ややかに応じる。

「何でもないわ。私は、今言ったことを取り消さなきゃな、って思っただけ」

「取り消すって、なんで」

「だって、こんなに従兄さんらしいことってってないじゃない。娘大好き、女房大好き、それでも行きつくところは菓子の工夫。立派な『菓子ばか』だわ」

まさか、皆も同じことを考えているのか。

晴太郎が見回した先にいた、幸次郎が淡々と答えた。

「兄さんが菓子作りに嫌気がさしたのでなくて、よかったってことですよ」

あしらわれた気がして、晴太郎は、むう、と口を尖らせた。

娘のさちは可愛い。女房の佐菜は綺麗で愛おしい。誰だってそう思うだろうに。菓子の工夫を考えるのは、『藍千堂』の職人として当たり前だ。

お糸が、つん、と形のいい鼻を上へ向けて言う。

「はいはい、御馳走様」

「金鍔、もうひとつ食べるかい。お早も、どうだい」

お糸が、ちろりと晴太郎を見遣った。

「私が御馳走様って言ったのは、違うことだけど、頂くわ。お早も頂きなさい」

「はい、お嬢様」

お早が、いい顔で返事をする。

それから、思い出したように晴太郎に言い添えた。

「ああ、今のお嬢様の御馳走様は、晴太郎さんのお顔に、頭の中身がするっと出てたから、ですよ」

晴太郎は、ぎょっとした。胸の裡《うち》の娘と女房の自慢を悟られたとは。

あわあわと、言い訳を考えていると、お糸が二つ目の金鍔を一口食べ、ほろ苦い笑みを浮かべた。

「やっぱり、かなり違うわ。『百瀬屋《うち》』の餡《あん》と」

「それは、仕方がないよ」

答えた晴太郎に、お糸が応じる。

「菓子のことになると、普段ぼんやりの従兄さんも、容赦がないわね。はっきり言って貰えて、助かるけど」

『百瀬屋』の主、当代清右衛門《せいえもん》は、先代主だった父の弟、つまり晴太郎兄弟の叔父だ。だが、父母が亡くなって一年経った頃、跡取りであった晴太郎を追い出した。晴太郎は、追いかけてきた幸次郎、『百瀬屋』から独り立ちしていた茂市と『藍千堂』を始めた。

元々は茂市のものだった店を、譲られた格好だ。茂市から店を取り上げる訳にはいかないと兄弟は断ったが、茂市はがんとして譲らなかった。

ずっと、父の、兄弟の店の職人でいることが、夢だったのだ、と。

だから、『藍千堂』は茂市の店でもあると肝に銘じて、様々な相手から守ってきた。

その「相手」の筆頭だったはずの大店『百瀬屋』は、かつての賑わいは見る影もない。

客も職人も失い、清右衛門叔父は病で倒れ、内儀《ないぎ》のお勝《かつ》と共に店を去った。

残されたお糸が、どうにか店を立て直そうとしているところなのだ。

幸次郎が、お糸を促した。

「早く出しなさい」

お糸が、え、と問い返した。

幸次郎は、ちらりと、視線でお糸の側の風呂敷包みを指しながら、続ける。

「兄さんに餡の味を見て貰うために、来たんだろう」

お糸が困った様に、首を横へ振った。

「今日はいいわ。従兄さんや茂市《もい》っつあんに味を見て貰うまでもなく、差の大きさが分かっちゃったから」

晴太郎が、お糸へ告げる。

「いや、味を見せて貰うよ。ねぇ、茂市っつあん」

「へぇ、勿論でごぜぇやす」

晴太郎も茂市も、普段は他の店の菓子を、殆ど食べない。それが旨くてもいまひとつでも、自分達のつくる菓子は変わりようがないからだ。

ただ、頭の中にある「旨い菓子」「先代清右衛門の味」をどう、表に出すか。工夫し、精進する道筋は、ただひとつだ。

『藍千堂』の味は、晴太郎と茂市、幸次郎の中にある。

けれど今の『百瀬屋』は、味を探している最中《さなか》である。

清右衛門叔父が落とした砂糖の質を、先代と同じものに戻し、小豆《あずき》や他の材料の質も上げた。

店に残った二人の職人と、その質に見合う菓子作りを目指しているが、どうにもはかどらない。

そもそも、清右衛門叔父の指図通りに動くだけだった職人だ、自ら行う菓子の工夫は戸惑うことばかりだろう。

それはお糸も同じで、『百瀬屋』の味の先を見極められずにいるようで、あちこちの菓子を食べては、揺らいでいる。

『藍千堂』と今の『百瀬屋』の菓子は、違う。

『藍千堂』の菓子が、「驚き」「幸せ」「華やか」だとすると、『百瀬屋』のそれは「信頼」「安堵」「落ち着き」だろう。

『百瀬屋』に頼めば、いつでも同じ味、同じ見た目の菓子が買える。

羊羹はこう、饅頭ならこう、という、客の頭の中を裏切らない味が得られる。

茶席の菓子なら、とことんまで菓子の気配を消し、点前《てまえ》を引き立てる菓子に仕立てて貰える。

清右衛門叔父が作り上げた今の『百瀬屋』に客が望むのは、そういう菓子だ。

お糸も、それはよく分かっている。

では、『百瀬屋』に求められる菓子をどんな味、どんな色形にすればいいのかが、なかなか定まらない。

晴太郎は考える。

恐らく、お糸は戸惑っているだけだ。

そもそも、今の『百瀬屋』の菓子は、清右衛門叔父が本当に目指していた菓子ではなかった。

砂糖と小豆の質を落としたのは、「父の影」を振り払うため、晴太郎を『百瀬屋』から追い出す口実に使うためであって、菓子のためではなかったはずだ。

先代の頃の『百瀬屋』で生まれ、清右衛門叔父が継いでからは総領娘として育ったお糸は、晴太郎の父の味も、『藍千堂』の味も、清右衛門叔父の本意ではない『百瀬屋』の味も、知っている。

だからこそ、砂糖と小豆の質を、先代の頃に戻した菓子の味を、どう定めればいいのか戸惑っている。

美味《おい》しくなったけれど、それだけでいいのか。『藍千堂』よりも、先代の『百瀬屋』よりも劣っているのは明らかなのに、ここで得心していいのか。

前へ進んだとして、『藍千堂』や先代『百瀬屋』の味を真似たことにはならないか、と。

ただその迷いは、お糸と今の『百瀬屋』の奉公人達で乗り越えることだ。

自分が、『百瀬屋』の味に手を加えた刹那《せつな》、それこそ『藍千堂』の菓子になってしまう。

先だって、『百瀬屋』の菓子としてつくった茶席の白羊羹を、贔屓客にこれは『藍千堂』だと見抜かれてしまったように。

だから、晴太郎も茂市も、幸次郎も、要らぬ口出しはしない。

お糸の求めに応じて餡や菓子の味見をし、問われたことに答えるのみ。

その代わり、いつでもどんな時でも答えようと、三人で決めた。

さあ、と晴太郎が促しても、茂市がお糸を呼んでも、お糸は躊躇《ためら》っている。

そこへ、お早が明るい声を上げた。

「せっかく言って下すってるんですから、とっとと出しちゃいましょうよ、お嬢様。だって、私が持たせていただけなかったくらい、大事に、大事に持っていらしたんだから」

お糸が、目に見えて狼狽《うろた》えた。

「べ、べつに、大事に持ってきた訳じゃないわ。お早を信じてない訳でもないわよ。ただ、その、そう、万一のことがあった時、お早の手が塞がってたら困るでしょう」

「はいはい、いい言い訳を思いつきましたね」

「もう、違うって言ってるじゃないの」

「お嬢様ったら、相変わらず可愛い」

「大して歳の変わらない人に言われたくないわ。それに見た目は私の方が歳上じゃない」

「いやだぁ、見た目より若いって言って下さる。嬉しい」

お糸は二十一、お早は二十四だから、三歳差か。どちらも十七、八で通るとは思うが。

まるで晴太郎の胸の裡を読んだかの如く、幸次郎が、冷ややかに兄を窘《たしな》めた。

「兄さんまで、お糸たちの馬鹿な遣り取りに引きずられてどうするんです。とっとと二人を止めて下さい。まったく、どこをどう通れば、餡の話から歳やら見た目の話になるのだか」

晴太郎は、姉妹か友同士のような微笑ましくも可笑《おか》しな遣り取りに、笑いながら割って入った。

「その辺で、止めておくれ。茂市っつあん、笑いすぎて息が出来なくなってるよ」

「も、申し訳、ごぜぇや――」

息も絶え絶えに詫びた茂市だったが、仕舞いまで言い切ることなく、とうとう、派手に噴き出してしまった。

例えば、清右衛門叔父やお勝――お糸の二親《ふたおや》あたりなら、奉公人の口の利き方ではないと、遠慮のないお早を叱るだろう。

だが、お糸がお早を許しているのなら、晴太郎が口を出すことではない。

それに、お早も、表向きはお早の従兄《いとこ》ということになっている双子の兄の尋吉《ひろきち》も、肝心なところはきちんと弁《わきま》えている。

何より、晴太郎はなんだか嬉しかったのだ。

あの家に、番頭の由兵衛《ゆへえ》、古株の女中およね、手代の八助《やすけ》、残ってくれた二人の菓子職人に加え、お糸が心を許せる者が増えた。

お糸を置いて去った二親なぞよりも、余程頼もしい。

こそりと、幸次郎が晴太郎と茂市にだけ聞こえるように、ぼやいた。

「まったく、相変わらず兄さんはお人よしなんですから」

「お前こそ、どこからそんな話が出て来るんだい」

「顔に出てます。叔父夫婦がお糸に、傾きかけた『百瀬屋』を押し付け、置き去りにしって出て行ったことに腹を立てているでしょう。自分が追われた時は、ちっとも怒らなかった癖に」

「それは、その」

茂市をちらりと見ると、温かい目で頷かれ、なんだか居心地が悪い。

お糸とお早は、再び、「どちらが茂市を笑わせたのか」と、賑やかな言い合いを始めてしまっている。

晴太郎では手に負えないと踏んだか、幸次郎が軽く目を吊り上げて二人に雷を落とした。

「いい加減にしなさい」

ひゃ、とお糸が小さな悲鳴を上げ、お早は、す、と真面目な女中の顔に戻った。

苦い、苦い溜息を吐き、幸次郎が静かに窘める。

「二人が仲がいいのは分かったから、そこから先は『百瀬屋』へ戻ってやれ」

お糸が、「はぁい」と、間延びした返事をする。

「ほら、お糸」

晴太郎は、お糸に向かって掌を差し出した。

お糸が、遠慮がちに風呂敷包みを晴太郎へ渡す。

風呂敷を解くと、小さな井籠《せいろう》――菓子を運ぶ漆《うるし》の箱に、形よく丸めた潰し餡と漉《こ》し餡が詰まっている。

すかさず茂市が小皿を出してくれたので、晴太郎と幸次郎、茂市の三人分の餡玉をそれぞれひとつずつ載せ、配った。

まずは、色合いと香りを確かめる。

艶《つや》は出てきたが、この前よりも少し色がくすんでいる。

香りは、相変わらず弱い。

まずは漉し餡を、次に潰し餡を口にし、確かめる。

良くなったけど、まだぼんやりしてるな。

顔を微かに曇らせ、お糸が口を開いた。

「香りが、どうしても弱くて。色も良くないでしょう。仕上がった時はいいと思ったんだけれど、『藍千堂』の金鍔を食べたら気づいてしまって」

晴太郎は少し迷ったが、真っ直ぐに告げた。

「まず、お糸の舌を鍛えないとね。うちの餡を食べる前に気づくようにならないと。総領娘のままなら十分だけど、店を仕切るにはちょっと心許ない」

ちらりと、幸次郎が晴太郎を見た。茂市もはらはらと、お糸と晴太郎を見比べている。

二人は、晴太郎は「菓子のことになると容赦がなくなる」と感じているらしい。

まったく、二人とも心配性だ。これくらいでお糸はへこたれない。むしろ、「はっきり言って頂戴。気遣われるのも面倒だわ」と叱られるだろう。

案の定、お糸は真面目な顔で、あっさりと頷いた。

「そう、ね。従兄さんの言う通りだわ」

晴太郎は続けた。

「餡の出来が日によって違ってくるのは、仕方ない。『藍千堂《うち》』だって、こうして毎日、わざわざ売り物と同じに仕立てて、味を見てるんだから。その時に出来を確かめる舌が頼りになるんだ。これは、お糸だけでなく、職人達や番頭さんも同じだよ。それから、お早も他人事《ひとごと》みたいな顔をしない。今の『百瀬屋』は、皆で盛り立てなきゃならないんだからね」

驚いたお早が、くしゃりと顔を歪ませ、すぐに何かを堪えるように唇を噛んだ後、眩しい笑顔を見せた。

「お任せくださいな。兄もちゃんと鍛えます」

お糸が、困った様に微笑んだ。

「従兄さんが言ってくれて助かったわ。味見をさせるまでに随分と骨を折ったのよ。今だって、うちの餡や菓子を口にするけれど、なんだか済まなそうに縮こまっているし」

お早が、すかさず言い返す。

「だって、只の手代と用心棒に大切な売り物を食べさせる店なんて、他にありませんよ、

「お糸お嬢様」

微かに声が上擦って、早口なのは、照れ隠しだろうか。

お糸が面を改め、告げる。

「言ったでしょ。うちには余裕《ゆとり》がないの。手代だって用心棒だって、信の置ける身内にはしっかり働いて貰わないと困るのよ。菓子の味を覚えるのも、仕事の内。およねを見習って、遠慮なく味見をして、遠慮なく気づいたことを聞かせて」

はぁい、分かってます、とおどけた口調のお早の目は、真剣だった。

安堵した晴太郎は、話を餡の味に戻した。

「うん。その上でのことだけど。今日の餡、この前より艶と味はかなりいいね。香りはまだまだ弱いかな。色も少し悪くなった。茂市っつあん、どう思う」

「へぇ。もう少し、小豆の味も砂糖の味も立たせた方が、よろしいかと」

お糸が、しゅんとなった。

「従兄さんに、砂糖を使うことを迷うなって、幾度も言われたでしょう」

ああ、と晴太郎は頷いた。

先だってから『百瀬屋』で使い出した砂糖は、『藍千堂』の味の要でもある『伊勢屋』の三盆白《さんぼんじろ》だ。

『伊勢屋』から卸して貰えるようになって、お糸も番頭の由兵衛も大層喜んだが、今度は使うのに及び腰になってしまった。

「砂糖が少ない」と繰り返し告げ、ようやくここまでたどり着いた。

おっかなびっくり使っているのもあるが、どうやら、以前使っていた百瀬屋の砂糖に比べ味が鮮やかで強い分、自分達で味見をしていると、十分甘いと感じてしまうらしい。

味が決まらないので、売り物には、これまで通りの砂糖と小豆を使っているという話だが、晴太郎にしてみれば、なんとももどかしい。

お糸が、茂市に訊いた。

「小豆が良くないのかしら。色々試しているのだけれど」

初め、小豆も『藍千堂』と同じものを『百瀬屋』でも使ってみたのだが、番頭もお糸も「何か違う」と感じたようだ。由兵衛曰く、「落ち着いた味にならない」らしい。

今は、小豆もどの問屋のものを使うか、試している最中である。

「三盆白は、『伊勢屋』さんの唐物《からもの》で行こうって、すんなり決まったんだけれど」

『藍千堂』では、菓子によって、すっきりとして雑味の全くない唐物と、こくのある讃《さ》岐《ぬき》物を使い分けたり混ぜたりしているが、『百瀬屋』は唐物一本で行くと、早々に定まっていたのだ。

お糸と番頭の決めたことに否やはなかった。晴太郎も、お糸が目指す『百瀬屋』の菓子には唐物だと、考えていたのだ。口は出さなかったけれど。

茂市が唸る。

「そうでごぜぇやすねぇ。小豆の質もありやすが、煮方もあるかと。炊いてる最中の混ぜすぎは、禁物でごぜぇやすよ」

ああ、とお糸は心当たりがある顔をした。

「色が悪いのは、そのせいかもしれないわね。今度の小豆は使えるだろうか。今度こそ、当たりだろうか。なんて考えてると、つい構ってしまうの」

幸次郎が静かにお糸を宥《なだ》めた。

「これ、と思う小豆に出逢うまで、『藍千堂《うち》』も随分掛かった。焦らず、腰を据えて掛かることだ」

お糸が、目を丸くした。

「従兄さん達も、苦労したの」

晴太郎は、笑って頷いた。

「ああ、小豆は決めるまでに掛かったねぇ。決まってからも、苦労したよ。ねぇ、茂市っつあん」

茂市が、微かに遠い目をして応じた。

「へぇ。あっしの羊羹の味が、仕舞いまで決まりやせんでした」

晴太郎と幸次郎が転がり込むまで、この店は茂市の店だった。茂市の作る羊羹はあっさりとしてくちどけが良く、贔屓客がとりわけ多いので、今でも「茂市の煉羊羹」と銘打って売っている。

『藍千堂』を立ち上げた折、幸次郎が叔父の嫌がらせをものともせずに探し回り、ようやくたどり着いた飛び切りの小豆。

それを、誰よりも気に入ったのは、茂市だった。

苦労して辿り着いた「茂市の煉羊羹」の味の肝は変えないまま、新しい小豆の美味しさを味わってもらうには、どうしたらいいか。

悩んでいた茂市が、実は大層楽しそうだったのを、晴太郎は覚えている。

お糸が、肩の力を抜くような溜息を吐いた。

「そうね。焦らずに探すわ」

それから顔を曇らせ、少し悔しそうに呟く。

「これじゃあ、まだ、おさっちゃんには食べて貰えないわ」

「うーん、あともう二息くらいかな」

応じた晴太郎に、恨めし気な視線をお糸が向けた。

「ほんと、容赦ないわよね、従兄さん」

「お前がおさちに、言ったんだろう。『藍千堂』の味をしっかり覚えるまで、他の菓子は食べるなって」

ぷう、とお糸は頬を膨らませた。

「言ったわよ。でも、従兄さんと茂市っつあんの菓子に負けないものが出来たら、食べて貰えるかなって思ったのよ。いい励みになるから」

「おさちに食べさせることが、かい」

「だって、もう三盆白の味の違いが分かるんでしょう」

愛娘《まなむすめ》を褒められて、悪い気はしない晴太郎だったが、どうにか緩みそうな頬を引き締めて、さらりと流して見せた。

「まあ、ね。でも、まだ砂糖の味の違いだけだよ」

お糸が、軽く小首を傾げて、茂市を見た。

「本当に」

確かめるような声だ。茂市が視線を泳がせた。

「茂市っつあん」

名を呼ぶことで晴太郎が訊ねると、茂市はもごもごと応じる。

「いや、まあ、その。嬢ちゃまが楽しそうにしなさるもんで、それに、すぐに覚えなさるもんで、つい、その」

やれやれ、という顔を取り繕いながら、内心はそわそわと、茂市を促す。

「何を教えたんだい」

「まあ、その時に合わせて色々でさ。初めは、嬢ちゃまに訊かれたことに答えてたんですが、その、小豆の渋切りとか、棹物《さおもん》のこつとか、まあ、そんなもんを」

幸次郎が、正真正銘、苦い溜息を吐いた。

「また、そんな職人相手のようなことを」

「へぇ、申し訳ごぜぇやせん」

しょんぼりと背中を丸めた茂市は、一方で妙に楽しそうというか、嬉しさを抑えきれない様子だ。

辛抱できずに、晴太郎は訊ねた。

「それで、おさちはどうだったんだい」

ぱっと、茂市が顔を上げた。

「そりゃあもう、呑み込みが早くておいでで」

晴太郎がもっと詳しく訊こうとした時、当のさちが、息せき切って勝手口から作業場へ走り込んできた。

八つ前に西の家へ帰り、佐菜と菓子を食べ、今頃は仲のいいおとみという娘と遊んでいる頃合いのはずだ。

どうした、と訊く暇もなく、涙で目を潤ませ、さちは晴太郎へ抱きついた。

「お願いととと様。おとみちゃんを助けて」

普段手のかからない娘が、溢れそうな涙と共に店へ飛び込んできた。

晴太郎と茂市は勿論、幸次郎までが狼狽《うろた》えた。

大の男三人が口々に、何があった、誰にやられた、嬢ちゃま落ち着いて、と大慌てで問いかける。

一方のさちは、驚いた顔をして晴太郎達を見返している。

すっかり言葉を失ったさちに、晴太郎はさらに狼狽えた。

何か、すぐには言えない程厄介なことが起きたのだろうか。

幸次郎も茂市も、同じように考えたらしい。

さちへの問い掛けが、更に勢いを増す。

そこへ割って入ったのは、お糸の怒気を孕《はら》んだ声だった。

「ああ、煩《うるさ》い。ちょっと黙って」

低くよく通る、恐ろし気な声は、きんきんと高い声で叫ばれるよりも、狼狽えた晴太郎の耳にしっかり届いた。

一斉に黙った男三人を、お糸は厳しい目で見回す。

冷ややかに晴太郎、茂市、と視線を送った後、殊更厳しく幸次郎を見つめた。

「『うちの子一番』の晴太郎従兄さんと、すっかり『初孫可愛いお爺《じい》ちゃん』になった茂市っつあんはともかく、幸次郎従兄さんまで浮足立ってどうするの。頭から水をかけられたくなかったら、自分達で頭を冷やして頂戴」

それから、立ち上がって板の間から三和土《たたき》へ降り、ただじっと晴太郎達を見つめているさちの肩をそっと抱く。

「可哀想に、大の大人がわあわあ喚《わめ》くから、おさっちゃん、びっくりして、涙も引っ込んじゃったじゃないの。怖かったわよねぇ、普段優しい父様《とと》や茂市っちゃん、穏やかな幸《こう》叔父ちゃんが、揃って大きな声で色々訊いてくるんだもの。その癖、答える暇も貰えないんじゃあ、固まるしかないじゃない。大丈夫よ、おさっちゃんを叱ってる訳でも、友達のおとみちゃんを責めてる訳でもないから。はい、ゆっくり息を吸って、吐いて。そう、上手ね。お水、飲む」

お糸の問い掛けに、さちがほっとした様子で小さく頷く。

その様子を見て、晴太郎はようやく我に返った。

お糸の言う通り、晴太郎達は可愛いさちを、黙らせ、怯《おび》えさせてしまったらしい。

お糸がさちの肩を優しく押して板の間へ上げ、お早が支度した湯呑を渡す。

水を少しずつ飲むさちに晴太郎は近づき、目の前に腰を下ろした。

晴太郎を見上げる目に、戸惑いはあるものの怯えはないことに、心底ほっとする。

「驚かせてごめん、おさち」

晴太郎に続いて、幸次郎が「面目ない」と、茂市が「申し訳ごぜぇやせん、嬢ちゃま」と頭を下げた。

お早が、けらけらと明るい笑い声を上げた。

「『藍千堂』の人達を『上菓子の神様』『商いの神様』だって憧れてる『百瀬屋』の職人さんに見せてあげたい。おさちお嬢様相手にあたふたして、可愛い」

「可愛い」なんて、大人になってから言われたことなぞない。

居心地が悪いのは晴太郎だけではなかったようで、幸次郎は苦虫を嚙み潰したような顔をしているし、茂市は茂市で「か、かわ、かわ」と訳の分からないことを口走っている。

お糸が、お早の名を呼ぶことで軽く叱った。

晴太郎は、ぎこちないのは承知で空咳をひとつ挟み、改めて愛娘に向かった。

「それで、おとみちゃんがどうしたんだい。助けてって、おとみちゃんは大丈夫なのか。おさちは怖い思いをしなかったかい」

仕舞いの言葉は、思わず出てしまった問いだ。

さちと佐菜を取り戻そうとしていた、さちの実の父はもうこの世にはいない。

分かってはいるが、あの家、旗本鎧坂《よろいざか》家は、長男が跡を継いでいる。何事もなかったかのようにとはいかないが、八丁堀で与力の職に就いた。

そう、晴太郎は伊勢屋総左衛門《そうざえもん》と八丁堀同心、岡丈五郎《おかじょうごろう》から聞かされていた。

鎧坂の今の当主とその弟は、佐菜とさちを助けてくれた恩人だ。

それでも、「あの家」は残っていて、「与力」の席を埋めている。

そのことが、晴太郎の幸せな日々の片隅に、小さな影を落としていた。

小さな影を、ちょっとした拍子に思い出すたび、晴太郎は怯える。

さちに、本当の父親のことを知られたら、と。

さちは敏《さと》い子だ。

晴太郎を「とと様」と呼ぶまでに悩んだくらいだ、晴太郎の娘になった頃にはすでに物心がついている。

だからいつかは、本当の父親のことをさちに打ち明けなければならない。そう、晴太郎も佐菜も、覚悟はしていた。

だからといって、父が咎人《とがにん》であったことまで、伝えるべきなのか。さちの父——鎧坂竜之介《りゅうのすけ》は表向き、病でこの世を去ったことになっているのに。

晴太郎も佐菜も、決めかねていた。だから、直《じか》に関わりのないことでも、晴太郎の心に、鎧坂の影が差す。

狼狽える晴太郎の心裡《こころうち》を、幸次郎も茂市も承知しているようで、すぐに要らぬ心配をする晴太郎を、いつも宥めてくれる。

「兄さん、落ち着いて」

「晴坊ちゃま。嬢ちゃまは、お怪我《けが》もなくお元気ですよ。ねぇ、嬢ちゃま」

茂市に小さく頷くさちを見て、晴太郎はようやく胸を撫で下ろした。

幸次郎が、やれやれ、という風に苦く笑って、さちを促す。

「おさちの友達が何を困ってるのか、教えてくれるかい」

さちは、はっとして、一度大人達を見回した後、「あのね」と口を開いた。

ぎゅっと小さな拳《こぶし》を握りしめ、打ち明ける。

「おとみちゃんのおっ母《か》さん、いなくなっちゃったの」

いなくなったとは、どういうことだろう。一通り、さちの話を聞いてはみたが、いまひとつ要領を得ない。

それは多分、さちが慌てているからだけでなく、さちもまたおとみから聞かされた話だからだろう。

幾度も訊き返し、ようやく知れたことと言えば、こうだ。

昨日、さちは初めておとみの長屋へ呼ばれ、煉羊羹を御馳走になった。

『藍千堂《うち》』のものと比べたら、妙な味がしたけれど――ここで、晴太郎と茂市が、出来のいい総領娘を大喜びで褒めちぎり、お糸と幸次郎に「話が進まない」と叱られた――

おとみは、どうやら初めて煉羊羹を食べたらしかった。

はしゃぐおとみと、おとみの母親の娘を見る目付きに、なんとなく厭《いや》な虫の報《しら》せがした。

気になったので、明日も遊ぼうと約束し、今日いつもの橋の袂《たもと》でさちが待っていると、おとみが泣きながらやって来た。

話を聞くと、「おっ母さんが、遠くへ行ってしまった。もう会えない」と言うではないか。

さちが、一緒におっ母さんを探そうと誘っても、「探しちゃだめなの」と泣くばかり。

それならば自分の家へと促しても、「おさっちゃんは、い、い、い、すむところが違うんでしょう」と、何のことやら分からない応《こた》えが返ってくる。

困り果てたさちは、一旦おとみを長屋へ帰し、晴太郎達に助けて貰おうと、店へ戻って来たという訳だ。

「ああ、おっ母さんは松沢《まつざわ》様のところだっけね」

晴太郎は呟いた。

今日は佐菜は旗本、松沢家の屋敷を訪ねることになっていたのだ。

松沢家は無役ではあるが、公儀の重鎮ともつながりの深い、大身《たいしん》と言っていい旗本家だ。松沢家当主が亭主となった野点《のだて》の折、『藍千堂』が手掛けた茶菓子が縁で、贔屓客となった。以来、『藍千堂』の菓子を気に入り、大きな後ろ盾になってくれていて、有難くも心強い。

また、嫡男、荘三郎《そうざぶろう》の奥方、雪《ゆき》と佐菜は古馴染みで、武家の娘だった佐菜が町人になってからも雪は佐菜を気にかけ、折に触れ話を聞きたいと屋敷に呼んでは、反物やらさちの玩具やらを持たせてくれる。

そんな日頃の礼と雪の御機嫌伺いに、佐菜が『藍千堂』の金平糖《こんぺいとう》と落雁《らくがん》を届けることになっていたのだ。

年に一度、『藍千堂』で金平糖を仕込むようになって、今年で四度目だ。二度目までは七夕の節句に合わせたが、その次の年からは紫陽花《あじさい》がほんのりと色づき始める頃につくるようにしている。白の他、淡い青、優し気な紫に染めた三色を揃え、「紫陽花」や「天の川」を思い浮かべて貰えるようにつくる。

とはいえ、金平糖は角《つの》を立てるのが難しく、京では金平糖だけをつくる職人がいるくらいの手ごわい敵で、年に一度手掛けるのみでは、なかなか思うに任せない。

まだ形は京の下り物に負けるが、我ながら、かなり出来が良くなってきたと、思う。

初めの年は、星なのだか丸まったなまこなのだか、分からないような出来だったが、ようやく星に見えるようになってきた。

金平糖は、荘三郎と雪の長男、四歳の小十郎《こじゅうろう》が喜ぶ。落雁は、小十郎の祖父、松沢家当主利兵衛《りへえ》の好物だ。

　金平糖は、すっきりした甘みの唐物三盆白のみを使う。

　一方で、利兵衛向けの落雁は、小さく仕立て、唐物でつくったものと、こくのある讃岐物の三盆白でつくったものを、二種揃えてみた。

『藍千堂』の砂糖の違いを味わうことが、このところの利兵衛の楽しみになっていると、幸次郎が聞き出してくれたのだ。

　普段なら、さちも大喜びで母と共に松沢家を訪ねるのだが、昨夜、「おとみちゃんと約束したから」と、母の誘いを少し残念そうに断っていた。

　今から考えると、あれは友のことが心配だったのだろう。

　晴太郎が、小声で幸次郎に訊く。

「岡の旦那に、お助けいただいた方がいいかな」

「いえ、まだそれは早いかと。ただの家移りなのかもしれません」

「家移りするのに、娘を置いて行くかい」

　おとみの言葉も気になる。娘がいなくなった母を探してはいけない、とは、尋常ではない話だ。

　そう続けると、幸次郎が「だからこそ、です。旦那を巻き込むほどの大事《おおごと》にする前に、何があったか確かめないと」

これが身内や知り合い同士のいざこざならば、同心に出張られても迷惑なだけだろう。

幸次郎はそう言っているのだ。

お糸が、静かに口を挟んだ。

「それなら、お早に行って貰いましょうか、従兄さん」

すかさず、幸次郎が首を横に振る。

「だめだ。帰り道がひとりになる。お早を決して側から離すなと言っただろう」

お糸が、困った様に微笑んだ。

「心配性ね、幸次郎従兄さん」

幸次郎が心配性なのではない。

清右衛門叔父に代わり、お糸が『百瀬屋』を束ね始めてから、嫌がらせが増えたのだ。

形だけは、変わらず清右衛門叔父が主で、お糸は名代となっているが、病が元で味がよく分からなくなってしまった叔父が主として戻ってくることは、恐らくないだろう。

そのことを、周りもよく分かっているようで、どこへ行っても、お糸は『百瀬屋』女《おんな》主《あるじ》扱いだ。

そのせいで、やっかみから「ここは女主になって味が落ちた」とわざわざ店の前で聞こえよがしに噂をされたり、町中ですれ違いざま「嫁き遅《い》れが、偉そうに」と吐き捨てられたり。

どれも他愛のないものだったが、先だって、とうとう破落戸《ごろつき》に絡まれかけたと聞いて、幸次郎も晴太郎も、青くなった。

勿論、あっさりとお早が叩きのめし、追い払ったそうだが、そんなことを聞いてしまえば、いよいよ腕の立つお早をお糸から離す訳にはいかない。

そもそも、『百瀬屋』が傾き、お糸が父の名代の座に就いたのには、切っ掛けがある。清右衛門叔父が、お糸の婿にと連れてきた彦三郎《ひこさぶろう》という男だ。

爽やかで穏やかな男で、商いの筋もいい。何よりお糸にすっかり惚れ込んでいて――一目惚れだったそうだ――お糸も、頼りにしていた。

二人の間には、男と女の関わりを越えた繋がりがあったように見えた。

その彦三郎が、実は『百瀬屋』に恨みを抱いた盗人《ぬすっと》の手下で、狙われたお糸を庇って命を落とした。

盗人に恨みを向けられたお糸は、「色恋に目がくらみ、押し込みの手引きをした」と、あらぬ噂を立てられ、『百瀬屋』も窮地に追い込まれた。清右衛門が中気《ちゅうき》で倒れたのは、この騒動の心労と、自分が買った恨みが娘に向けられたことへの悔恨の所為《せい》だ。晴太郎達が世話になっている町医者、久利庵《くりあん》はそう言っていた。

お糸は終始気丈に振舞っていたが、心には、深い傷が残ったはずだ。

ようやく厭な噂も薄れ、お糸や奉公人の頑張りで、『百瀬屋』も少しずつ持ち直してきた。

お糸も『百瀬屋』も、今が肝心な時なのだ。そこへ、間違っても彦三郎やあの盗人に纏《まつ》わる嫌がらせなぞされたら。

晴太郎の気がかりを他所《よそ》に、お糸はにっこりと笑った。

「晴太郎従兄さんもそんな顔をしないでちょうだい。人好きのする性分のお早なら、とみちゃんって子の長屋へ行って、何があったかすぐに訊き出して来るわ。その間、私はここで待たせて貰えば心配ないでしょう。今日は『藍千堂《こっち》』でゆっくりするって、番頭さんには言ってあるし」

幸次郎が、形のいい眉を吊り上げた。

「お前の暇つぶしに、うちを使うな」

「あら、忙しいなら、尚更おさっちゃんの相手が要るでしょう。まさか、佐菜さんのいない西の家へ、ひとりで帰すなんて言わないわよね」

幸次郎がしまった、という顔をした後、むっつりと応じた。

「当たり前だ」

お糸が、いい笑顔で頷く。

「そう、よかった」

お決まりになって来た幸次郎とお糸の「じゃれ合い」だが、今日はお糸に軍配が上がったようだ。

お糸が、お早へ視線を向け、尋ねる。

「お早、おとみちゃんの長屋の様子を見て来てもらえるかしら。ご近所さんや差配さんと世間話《せけんばなし》でもしてきてもらえると、助かるんだけど」

疑わし気な目でお早が聞き返す。

「お嬢様、本当に大人しく待っててくれるんでしょうね」

「何が言いたいの」

「およねさんに聞きましたよ。昔は、しょっちゅう逃げられてたって」

お糸の頰が、うっすらと紅に染まった。

「い、いつの話をしてるのよっ」

「あらあ、およねさんは、お転婆なところは娘の時分から変わってないって。この間の破落戸だって、私がさっさと伸《の》してなきゃ、ご自分で相手をするつもりだったでしょう。まったく、うちのお嬢様は危なっかしいんだから」

「うるさいわね。今日はちゃんと待ってるったら。心配しないでいってらっしゃい」

「今日はって」

呆れ口調で繰り返したお早に対し、お糸は開き直ることにしたようだ。つん、と形のいい鼻を上へ向け、得意げに言い放った。

「本当に大人しくしてるわ。おさっちゃんに訊きたいこともあるしね」

お糸はさちへ視線を移すと、少し哀しそうな顔で、さちを手招きした。

ちょこんと、お糸の前に座ったさちを、自分の側《かたわら》へ促して座らせ、ふんわりと肩を抱く。

「ごめんね、おさっちゃん。おさっちゃんはおとみちゃんのことが心配なのに、余計な話ばっかりして。ともかく、おとみちゃんの家に何があったのか、お早に見に行って貰うわ。少し待ってて」

円《つぶ》らな瞳を潤ませて、さちが小さく頷くと、お糸はお早へ視線を向けた。

お早が小さく頭を下げ、『藍千堂』の作業場を後にする。軽やかで迷いのない動きは、吹き抜ける涼やかな風の様だ。

不安げに瞳を揺らすさちに、お糸が更に声を掛ける。

「お早の口が達者なのは、おさっちゃんもよく知ってるでしょう。大丈夫、きっとおとみちゃんのおっ母さんがどうなったのか、聞き出して来るわ」

ほ、と肩の力を抜き、さちは「はい」と返事をした。それから、再び顔を曇らせ、恐る恐る、といった様子で切り出す。

「あの、お糸姉さま」

お糸は、晴太郎達よりも、下手をすると佐菜よりも、さちに厳しい。とりわけ「上菓子司の総領娘」の心構えを諭《さと》す時には、まだ小さな子供なのだから、もう少し手加減をしては貰えないだろうかと、思ってしまう。

声を荒らげたり、厳しい口調で叱ったりは決してしない。

いつも優しく諭すのみだ。

ただ求めることが、大人に対するそれで、だめなことは、はっきりと「だめ」と言い切るのだ。それがさちの優しさから出たことでも。

友達に菓子をおすそ分けするのもだめだと言われた時の、さちの哀しそうな目が、晴太郎は未だに忘れられない。

だが、お糸は「総領娘修業」に関して晴太郎達に口を挟ませない。

困るのは、さちなのだ、と。

総領娘として、今は女主として苦労を重ねてきたお糸の言葉は重い。

更に、「従兄さん達が甘すぎるのよ」と言われてしまえば、晴太郎も幸次郎も、茂市も、身に覚えがあるだけに、強く口を挟めない。茂市ははらはらしているが、佐菜は落ち着いたもので、自分には教えてやれないから、有難いと笑うのみだ。

何より、当のさちが、お糸を厳しい、怖い、と感じている一方で、すっかり懐いてしまっていることが、大きかった。

「女同士の内緒話」とやらをしている時は楽しそうだし、何かとお糸に頼ることも多い。

さちにとってお糸は、歳の離れた面倒見のいい姉か、大好きな師匠、というところのようだ。

お糸がさちに、

「なぁに」

と優しく訊き返す。

「ごめんなさい」

お糸が、すぐに思い当たった風で確かめた。

「おとみちゃんの家で、羊羹を食べたことかしら」

さちがいきなり詫びた訳は、お糸を巻き込んだからだろうか、お早の手を煩わせたせいだろうか。そんな風に考えていた晴太郎は、お糸の言葉に、そしてこくりと頷いたさちに、驚いた。

さちが、答える。

「姉さまと約束してたのに。しっかりうちの味を覚えるまで、他の店の菓子は食べないって」

「ちゃんと、約束を守ってたのね。偉いわ、おさっちゃん」

「でも――」

「いいのよ。さすがにお呼ばれした先で出た食べ物を断る訳にはいかないものね。そういう気配りも、総領娘には大切なの」

縋《すが》るような目で、さちはお糸を見た。お糸は続ける。

「それに、ちゃんと味の違いが分かったんでしょう。だったら、私との約束を破ったことにはならないわ」

ようやくさちの顔に、少し明るさが戻って来た。

「すごいじゃない、おさっちゃん」

お糸に褒められ、さちは嬉しそうだ。

お糸が、ずい、とさちに身を乗り出す。

「それで、どうだったの、初めて食べた他所の羊羹。もっと詳しく聞かせて頂戴」

お糸に促されるまま、問われるまま、さちは昨日食べた羊羹の話をした。

先刻語った小豆の渋みや寒天の雑味に加えて、羊羹を味わうには、厚く切りすぎであったこと。

硬い歯触り、斑《まだら》のある色あい、舌に残るざらつき。

甘すぎるせいか、小豆の香りが感じられなかったこと。

晴太郎は、嬉しいを通り越して眩暈《めまい》がしてきた。一体茂市は、何をどこまでさちに教えたのだ。

多分、晴太郎と幸次郎の同じ歳の頃よりも達者な舌だぞ。

茂市は、恵比須顔で淡々と羊羹の味を語るさちを眺めている。

お糸が、小さな溜息を吐いた。

「そんな不味い羊羹を食べさせられたなんて、災難だったわね、おさっちゃん」

だがさちは、あっさり首を横へ振った。

「『藍千堂《うち》』と比べたら哀しい味だったけど、ちゃんとおいしい味でしたよ、姉さま」

「そうなの」

「はい。縁日の飴玉《あめだま》や団子よりは、うんと」

お糸が幸次郎へ、次いで晴太郎へ冷ややかな視線を向けた。

「おさっちゃんの辛辣な物言いは、幸次郎従兄さんを真似たのかしら。それとも菓子の話になると淡々と容赦のないことを口にする晴太郎従兄さんに似たのかしら」

晴太郎は、胸を張って言い返した。

「おさちが、純真無垢な証じゃないか」

「呆れた。どんな自慢」

ばっさりとお糸が晴太郎の言を切り捨ててから、柔らかな笑みをさちへ向けた。

「ちゃんと、美味しいって言える分、余程晴太郎従兄さんより大人よ」

さちは、戸惑いと照れの交じる笑い声を、えへへ、と零《こぼ》した。晴太郎はぼやく。

「おさちは、俺よりお糸に褒められる方が嬉しそうだ」

すかさず、幸次郎が茶々を入れた。

「それは単に、お糸が厳しいからでしょう」

そんな風に、友を案じるさちの気を紛らせながら過ごしていると、お早が戻って来た。いつも、飄々《ひょうひょう》として明るい表情をしているお早の目が、憤りの光を湛えている。それでも、軽い笑みを作っているのは、さちを気遣ってのことだろう。

「どうだった」

「どうでした」

晴太郎と幸次郎の問い掛けが重なった。

にっこりと笑ったお早の顔が、どうにも恐ろしく、兄弟は思わず口を噤《つぐ》んだ。

晴太郎は怯《ひる》んでのことだが、幸次郎は何か察したようだ。そっと茂市に店を閉めるよう、伝えている。少しばかり早くはあるが、そろそろ閉め時だ。

お早が、さちの前にしゃがんで、ぽん、ぽん、と二度、さちの肩をそっと叩いた。

「おとみちゃんは心配いりません、お嬢様。ちゃあんと長屋へ戻ってました。私、おとみちゃんと友達になってきたんですよ。今日は隣のおかみさんが一緒にいてくれるそうですし、明日には伯父さんが会いに来てくれることになってるって」

お早の話を聞き、さちは、ほっとした様子になった。

「よかった。じゃあ、おとみちゃんのおっ母さんが帰って来るまで、伯父さんが一緒にいてくれるのかしら。おとみちゃんは、さちとまた遊んでくれるかな」

お早は笑みを崩さない。

茂市が、やんわりとさちを促した。

「おさち嬢ちゃま、茂市にちょいとお付き合い頂けやせんか。川まで夕涼みに行きたくなりやしてね」

川と聞いて、さちは目を輝かせた。

すかさず幸次郎が背中を押す。

「行ってらっしゃい。今時分は、水面《みなも》がきらきらして、綺麗ですよ。川遊びの舟も沢山出ているでしょう」

「わぁ」

ようやく、さちが屈託のない声を上げたことに、晴太郎はほっとする。

「ああ、言っておいで」

さちが尋ねる前に言ってやると、さちは「はぁい」と明るい返事をして、茂市と出かけて行った。

少し間を置いて、幸次郎がお早に訊ねた。

「色々、聞けたようですね」

笑みを引っ込め、不機嫌に顔を顰《しか》めたお早が、軽く肩を竦《すく》めた。

「おとみちゃんのおっ母さん当人から聞いた訳じゃありませんから、どこまで信用できるかは、分かりませんが」

お糸が、お早を急かす。

「構わないわ。お早がそんな顔をするなんて、ろくな話じゃないんでしょう。お早ひとりで抱え込むことなんてない」

お早が、軽く目を瞠り、ほろりと笑った。不機嫌な気配が少し和らぐ。

「お糸お嬢様、日に日に格好良くなっていきますね。私が男だったら、すぐにでも嫁にするのに」

言いながら、ちらりと幸次郎を見た。晴太郎は、笑いを堪えるのに少し苦労をした。

幸次郎は、気づいていないのか、知らぬふりを決め込んだのか、涼しい顔だ。

お糸が、眦《まなじり》を吊り上げた。

「軽口はいいから、さっさと話して」

「はぁい」

お早は、先刻のさちのような返事をしてから、おとみの長屋の店子《たなこ》達から聞いた話をかいつまんで語った。

＊

おとみの母親は、名をお清代《きよ》と言った。歳は二十四、十八でおとみを産んだ。亭主の勝次《かつじ》は、吉原の西、下谷龍泉寺町《したやりゅうせんじちょう》から通新町《とおりしんまち》、三ノ輪《みのわ》町、金杉町《かなすぎちょう》あたりを受け持つ町火消《まちびけし》「ぬ組」の「梯子《はしご》持ち」で、颯爽《さっそう》とした勝次と、器量よしのお清代は、界隈で評判の夫婦《めおと》だった。

勝次が亡くなったのは、おとみが生れた翌年。酔って転んだ打ちどころが悪かったのか、それから数日して、頭の中に血が溢れる病で呆気なくこの世を去ったのだという。

それからお清代は勝次と暮らしていた下谷龍泉寺町の家を手放し、逃げるようにして神田の長屋へ移り住み、娘を女手ひとつで育ててきた。

勝次が生きていた頃、よく夫婦で出かけていた物見遊山も芝居見物もぴたりと止めた。紅も引かなくなったし、簪《かんざし》や小洒落《こじゃれ》た帯も手放した。それでもお清代は、おとみを大層可愛がっていた。周りが「少し構い過ぎではないか」と案じる程に。

そんなお清代の暮らしをずっと支えてきたのが、勝次のいた町火消の組頭《くみがしら》、留五郎《とめごろう》だ。

そもそも、先にお清代に想いを寄せていたのは留五郎で、勝次は横からお清代をかっ攫《さら》った格好になった。留五郎はお清代と勝次が所帯を持ってからも、そのことを根に持っていて、「勝次は、俺がお清代に惚れてるのを百も承知でお清代に手を出した」と、酒が入るたびに、恨み言を吐《は》いていたそうだ。

お清代のことを抜きにしても、頭《かしら》の自分を差し置き、我が物顔で火事場を仕切ろうとする勝次を、留五郎は嫌っていた。

勝次が、つい周りが従ってしまう、人を惹きつける性分なのも妬んでいたようだ。

お清代が後家になって半年ほど経った頃から、留五郎は足繁く神田の長屋へ顔を出しては、お清代を嫁に、と誘うようになった。

ただ、迎え入れるのはお清代のみ。娘のおとみは里子に出すという条件が付いていた。

余程、留五郎は勝次が気に食わなかったようだ。奴の娘の面倒を見るつもりはない、ということらしい。

お清代は、ずっと輿入れの話を断ってきた。おとみを手放す訳にはいかない、と。

だから留五郎は、金子《きんす》の世話だけをし続けてきた。相変わらず、おとみを可愛がる素振りは、少しも見せなかったそうだ。お清代の「気持ちが決まる」まで、いつまでも待つ、と言って。

留五郎が待っているのは、お清代がおとみを手放す決心をつける時だ。自分が娘を里子に出す時なぞ、お清代は来るとはとても思えなかった。

かといって、留五郎の助けを全て断る気概もない。留五郎に背を向けられてしまったら、きっと長屋の店賃さえ払えないだろう。

お清代は長屋の女房達に、そう零していたそうだ。

そんな風だから、お清代は留五郎に随分と遠慮をしていた。おとみのことで留五郎を煩わせる訳にはいかないと、娘に掛かる銭はお清代が下働きの仕事をして稼いでいた。

輿入れを断りながら助けを受けている留五郎への申し訳なさ、娘をひとりで育てなければならない重荷、いつ、留五郎に見放されるか分からない心細さ。

そんな気苦労が、お清代を少しずつ擦り減らしていった。

娘の頃に勝次や留五郎の目に留まった美貌は草臥《くたび》れ、自慢だった、すんなりと伸びた白い指は、くすんで節くれ立った。

いつも濡れたようだった黒い瞳は淀み、三十路の声もまだだというのに、目尻に皺が出来た。

相変わらず、娘のことは可愛がっていたが、長屋の女房達の目には、まるで娘が命綱だとでもいう様に、必死でしがみついているように見えたという。

ぎりぎりのところで踏みとどまっていた、お清代を支える糸がふつりと切れた切っ掛けはなんだったのか。

お清代の隣に住む女房は、羽振りのいい商家に嫁いだ妹が、いい小袖を着て自慢気に訪ねてきたことだろうと言った。

向かいの女房は、思いつめた顔で鏡を見つめていたから、自分の草臥れ具合に気づいてしまったのだろうと、溜息交じりに告げた。

留五郎がとうとう痺れを切らして、お清代に決心を迫ったのではないか。斜め向かいに住む猪牙舟《ちょきぶね》の船頭は、小声でこっそり打ち明けた。

同じ長屋で、独り者の息子と暮らしている老婆は、母の苦労も知らず、いつも楽し気にしている娘が気に障ったのだろうと、したり顔で語った。

誰が正しいのか、もっと他の切っ掛けがあったのかは、分からない。

あれほど切り詰めて暮らしていたお清代が、憑き物の落ちた顔をして、長屋じゅうに値の張る羊羹を配って回った。

そのついで、とでも言うような気軽さで、お清代は告げた。

――あたし、長屋を出て留五郎さんのとこへ行くことになりました。おとみは明日、大工の兄が迎えに来ることになってます。あの子なら一日二日は、ひとりで大丈夫です。握り飯もたんと作っておきましたし、羊羹も好きなだけ食べていいから、伯父さんが迎えに来るまで、いい子で待っているように、言い聞かせておきましたので。

＊

一通りの話を終えたお早は、苦々しく吐き捨てた。

「あの婆さん、下谷の町火消のいざこざまで、よく知ってましたよ。長屋へやって来る組頭やら、その手下やらの話を、聞き耳立てて集めてたんでしょうねぇ」

晴太郎は、溜息を抑えた。

おとみちゃんは、可哀想なことになったな。

お早が不機嫌な訳も、分かった。

お早と兄の尋吉は、共に赤子の頃、寺の門前に捨てられた。男と女の双子は忌み嫌われているから、大層苦労したという。

だから、どんな訳があるにしろ、親が子を捨てるなぞ許せないのだろう。

幸次郎も厳しい目をしている。

お糸が込み入った顔をしているのは、自分の二親を思い起こしているのかもしれない。お糸もまた二親に置いて行かれた娘だ。けれど二十歳を過ぎれば「大人ののっぴきならない経緯」とやらも分かってしまうのだろう。お糸は「のっぴきならない」二親の胸の裡を得心し、送り出したのだから。

晴太郎自身は、やはり子を捨てるなぞとんでもないとは思う。

けれど今は、お清代に腹を立てるよりも、そんな話を聞かされたお早や、友を想うさち、そして何より、ひとり残されたおとみが心配だった。

お糸が、顰め面のお早に訊ねた。

「おとみちゃんは、どうしてた」

「泣きもせず、ぽつんと部屋で座ってましたよ。羊羹食べながら」

「おっ母さんは『探しちゃだめ』って、おさっちゃんが言ってたわね」

「それは、お清代さんが、おとみちゃんに言い含めていたそうです。おっ母さんが大事なら、大人しく伯父さんを待っているように。おとみちゃんが追ってきたら、おっ母さんがとても困ったことになるから、と」

お糸が、むう、と口を尖らせた。

「卑怯なやり方ね。子が母親を慕う気持ちを逆手にとるなんて」

お早が、ひょい、と肩を竦めた。

「間違いのない手口ではありますけど」

「手口だなんて、咎人みたいじゃない」

「子捨てなんて、私に言わせれば、立派な咎人ですよ」

「兄に後を任せているだけ、ましでしょう。売られるよりはいいわ」

「それにしたって、猫の子じゃあるまいし、あっちからこっちなんて」

話が逸れそうだ。

晴太郎は、女二人の遣り取りに割って入った。さちの言葉で、どうしても気になることがあったのだ。

「おとみちゃんの言った、『すむところが違う』ってのは、どういう意味か分かったかい」

お早が、束の間口ごもった。

幸次郎が、冷ややかに口を挟む。

「大体のところは、察しが付いてますけどね。兄さんだってそうでしょう」

晴太郎は、しぶしぶ頷いた。

「ちょっと思い出したことは、あるよ」

お早が、がっくりと項垂《うなだ》れた。

「なぁんだ、二人ともお察しだったのなら、気を遣うんじゃなかった」

ぼやいてから、告げる。

「厭な婆さんがいるんですよ、あの長屋。当人は相手の為に言ってると思い込んでるだけに性質《たち》が悪くて。周りも『物知り婆さん』『長屋の知恵者』だなんて、下手に持ち上げるもんだから、余計調子に乗ってるんですけどね」

酷《ひど》い言いようだ。

その「厭な婆さん」というのが、おとみのことを「母の苦労も知らず、いつも楽し気にしている娘」と評した老婆らしい。お早の話では、端午の節句に売り出す『藍千堂』

の四文柏餅が好物らしく、毎年楽しみにしているそうだ。

気に入ってくれているのなら、年中買える四文菓子を工夫してみようか。

早速晴太郎の考えが逸れたことを、弟はお見通しだ。

地の底から聞こえてくるような怖い声で、「兄さん」と一言呼ばれ、晴太郎は慌てて「新しい四文菓子」を頭から追い出した。

お早の眉間に深い皺が寄った。

「当人は、『藍千堂《こちら》』の肩を持ってるつもりなんでしょうね。おとみちゃんを案じて言っているってのも、嘘じゃあないとは思いますよ。なんてことをまあ、前置きに聞いてくださいな」

幸次郎が、口を挟んだ。

「それは、『厭な婆さん』とやらを取り成すための前置きですか」

どこか恐ろしい笑みを浮かべ、お早は「とんでもない」と言い返した。

「『あのくそ婆、どうしてくれよう』なんて、物騒なことを口走らないよう、自分を宥めてるだけです」

どうやらお早は、老婆の言葉を口にしたくないらしい。

お糸が、「もう口走ってるじゃない」と茶々を入れてから、お早を急かした。

「前置きに繋がる肝心な話を、早くお願い」

お早は諦めたように一度眼を瞑ってから、淡々と告げた。

「あの婆さん、おさちお嬢様を頼ろうとしたおとみちゃんに、言い聞かせたそうですよ」

――いいかい。おとみちゃんの家は、この安普請の裏長屋、あちらは表店《おもてだな》に上等な店を構えて、住んでるとこも庭付きの広い一軒家だ。お前さんが初めて食べた羊羹だって、きっと毎日、飽きる程食べてるんだよ。昨日、ちらっと遊びに来た娘さんの姿を見たけどね、綺麗な柘植《つげ》の櫛《くし》を髪に挿して、綺麗な着物を着てただろう。おとみちゃんの格好はどうだい。お清代さんが一生懸命接ぎを当てた古着だろう。櫛だって簪だって、持ってないじゃないか。きっとあの娘さんは、周りに『お嬢さん』って呼ばれてるんだろうさ。おとみちゃんとあの娘さんじゃあ、住んでるとこが違う。御武家様に喩《たと》えるなら、長屋暮らしの浪人さんとお城に住むお旗本くらいの差があるんだ。きっとおとみちゃんと仲良くしてくれてるのだって、いい暮らしをしてる娘さんの、優しいお情けなんだよ。だからね、決して『藍千堂』さんを煩わせちゃあいけないよ。あそこは、江戸でも指折りの立派なお店なんだから。家や店に遊びに行くなんて、とんでもない。

晴太郎は、眩暈がした。その老婆の言う『藍千堂』はどこの『藍千堂』だろう。まさか、うちではあるまい。

お糸が、感心したように呟いた。

「お早ったら、言いたがらなかった癖に、そんな戯言《たわごと》、よく丸ごと覚えて帰って来たわね」

幸次郎は幸次郎で、面白くもなさそうに皮肉を口にする。

「私の知らない間に、うちの店は随分と立派で鼻持ちならなくなったようです」

晴太郎従兄さんも何とか言って頂戴、とお糸に促され、晴太郎はぽそりと呟いた。

「おさちが、お情けで友達になってくれてる、なんて。おさちが聞いたらどれだけ悲しむだろう。おとみちゃんだって、傷ついたろうに」

三対の目が、一斉に晴太郎に向いた。ぎょっとして問う。

「な、なに」

真っ先に幸次郎が「何でもありません」と応じた。

ついでお糸が「相変わらず、ずれてるわね従兄さん」と評し、お早がけたけたと、笑って、晴太郎に答えてくれた。

「おとみちゃんは、心配しなくても大丈夫ですよぉ。『お情け』の意味が分からなかったようだから。まあ、あの婆さんがご丁寧に言葉の意味を教えてしまわなければ、ですが。おさちお嬢様は、くれぐれもあの婆さんには会わせないに限ります」

そうだね、と大真面目で頷いた晴太郎に、お糸が訊いた。

「腹が立たないの、従兄さん」

晴太郎は、ほんのりと笑って応じた。

「根も葉もない噂が元で苦労してるお糸に言われたくないけど。まあ、他人様《ひとさま》から見たら、本当のことだからね。うちが表店でいい商いをさせて貰ってるのも、西の家が庭付きの贅沢な一軒家なことも。おさちの身なりが綺麗なのも、ね」

幸次郎が眦を吊り上げた。

「おさちの身なりが上等なのは、総領娘の仕事のうちです。それだって、金子を掛けてる訳じゃない。義姉《ねえ》さんが丁寧に手を掛けているから、そう見えるんです」

柘植の櫛はお糸のお古だ。お糸も、引き継いだ佐菜も、こまめに手入れをしているから、綺麗な飴色になっている。さちの小袖は、佐菜がさちに似合う反物を選んで、一から縫っている。

さちは甘い大人達に囲まれてはいるが、有難いことに、やたら贅沢なものを買い与えようとする人はいない。

晴太郎は、いつも自分の分まで怒ってくれる弟を宥めた。

「そりゃそうだけど、いちいち告げて回る訳にもいかないだろう」

お糸が、哀しそうに微笑んだ。

「その従兄さんの諦めの良さ、お父《と》っつあんのせいね」

「違うよ」

迷いなく言い返した晴太郎を、お糸が見る。

清右衛門叔父が仕掛けてきた嫌がらせには、確かにずっと苦労させられてきた。でも、諦めた訳ではないし、慣れた訳でもない。

晴太郎は続けた。

「他人の勝手な噂が気にならないのは、俺の周りに分かってくれる人がいるからだ。お糸、勿論、お前もそのひとりだよ」

「そう」

お糸が、ふい、と顔を逸らしたのは、照れているからだろう。大人になっても可愛い従妹は、気のせいか、娘の頃より照れ屋で褒められるのが苦手になったらしい。

晴太郎は笑いを嚙み殺しつつ、話を戻した。

「お早が聞いてきてくれた話が本当なら、赤の他人が余計な口は出せないな」

幸次郎が重々しく頷く。

「うちが出来ることと言えば、本当に『伯父さん』がおとみちゃんを迎えに来るかどうか、伯父さんの人となりや何やらを、そっと確かめることくらいでしょうか」

お糸の顔が曇る。

「遠くに越してしまうのじゃあ、おさっちゃんとは離れ離れになってしまうわね。せっかく仲良くなれたのに」

日本橋室町に店を構える菓子司の総領娘として育ったお糸は、心おきなく付き合える友達をつくることが出来なかった。同じような立場になったさちを、初めから心配してくれている。

幸次郎もお糸に続いた。

「おさちは、寂しがるでしょうね」

晴太郎には、もうひとつ気がかりがあった。

「寂しそうなおさちを見て、茂市っつあんが泣くだろうな」

示し合わせた訳でもなく、四人揃って溜息を吐き、それから笑い合った。

佐菜とも話をして、さちにはおとみのことを、ちゃんと伝えることにした。

晴太郎は、おとみが母に置き去りにされたことは、さすがに言えないのではないかと迷ったが、佐菜は揺るがなかった。

さちは賢い子だ。母を気遣いながら暮らしてきたせいで、大人の心裡を察することにも長《た》けている。きっと誤魔化そうとすれば、察するだろう。

「それに、私達はおさちに言えていないことがあります」

佐菜の言葉に、晴太郎は、ぎくりとした。

訊かなくても分かっている。さちの、本当の父親のことだ。

佐菜は、強い目で告げた。

「おさちにとって、とても大切なことを隠しているのだから、せめて嘘は吐きたくないんです」

晴太郎は、膝の上できつく握りしめた佐菜の手をそっと取り、笑い掛けた。

「そうだね」

夕飯を皆で摂ってから、庭を望む縁側で、晴太郎が膝にさちを乗せ、佐菜がさちと向かい合って、おとみに起きたことを静かに告げた。

晴太郎からはさちの顔は見えなかったが、身体に回した晴太郎の腕を摑んださちの小さな手は、微かに震えていた。

明日、お早がまた様子を見に行ってくれることまで聞き終えても、さちは長いこと黙っていたが、やがて、ぽつりと呟いた。

「どうしてなのかな」

晴太郎は、「おさち」と名を呼ぶことで問い返した。

「どうして、おとみちゃんのおっ母さんは、おとみちゃんを置いて行っちゃったのかな」

佐菜が少し間を置いてから応じる。

「そうね。疲れちゃったのかもしれないわね。お父っつあんとおっ母さん、ひとりで二人分頑張らなきゃいけなかったのだもの」

さちが、更に訊く。

「おっ母さんも、そうだったの。さちと二人で、疲れた」

佐菜の言葉は変わらず静かで、淀みがない。

「おっ母さんには助けてくれる人が、沢山いたから。何より、おさちが一緒にいてくれたから、どんな疲れもすぐにどこかへ行ってしまったわ」

こて、とさちが首を傾げた。言葉を探すようにしながら、呟く。

「お糸姉さまが言ってた。どんな菓子でも、美味しいと思う人と、思わない人がいるって。『人それぞれ』って言うんだって。とと様や茂市っちゃんがつくった菓子を嫌いだという人は必ずいる。それは『嫌い』という人が悪いんじゃない。ちゃんと分かっていなさいって。おとみちゃんのおっ母さんも、同じなのかな。さちのおっ母さんは疲れなくても、おとみちゃんのおっ母さんは疲れちゃったのかな。だったら、おとみちゃんのおっ母さんは、きっと悪くないのね」

晴太郎は、思わずさちを抱きしめた。

佐菜が、さちの頰にそっと手を当てた。

「お糸さんは、とってもいいお師匠様ね。有難く思わなきゃ」

さちが、ほんの少し嬉しそうに、うん、と応じた。

居間から、茂市がぐしぐしと鼻を啜る音が聞こえてきて、晴太郎は笑いを堪えた。


おとみが置き去りにされた次の日。

長屋の店子達と顔見知りになったお早が、おとみの様子と、おとみを引き取るという伯父の人となりを確かめてくれる手筈になっていたが、どうしたろうか。

気にしながら過ごしていた午時《ひるどき》、慌てたお早が『藍千堂』にやってきた。

「表口からすみません。取り急ぎ、お知らせに上がりました」

いつもの飄々とした様子は鳴りを潜め、物言いもやけに丁寧だ。

戸惑った晴太郎を他所に、面を厳しくした幸次郎が「どうしました」と問う。

お早は、さっと往来の方へ目を向けてから、早口で告げた。

「私が一足遅かったみたいで」

お早がおとみの長屋へ顔を出した時には、すでに伯父夫婦がおとみに会いに来ていたそうだ。

そうして、件《くだん》の老婆と、おとみの伯父だという佐多三《さたぞう》が、大げんかを繰り広げていた。

＊

「このくそ婆《ばば》ぁ、もう勘弁《かんべん》ならねぇ」

「ほう、上等だ。勘弁ならなきゃ、どうするってんだい。こっちは、人助けのつもりで色々教えてやったってのに、全く、恩知らずだよ」

「年端《としは》もいかねぇ姪《めい》っ子に碌《ろく》でもねぇ母親の陰口聞かせるのが、人助けだってぇのか」

「一切合切《いっさいがっさい》、本当のことじゃないか」

「一、一、一切合切、てめぇの頭ん中で作り上げた与太話《よたばなし》じゃねぇか。おいらの姪っ子を虐《いじ》めて、何企んでやがる」

　厳《いか》めしい顔を真っ赤にして、今にも老婆に詰め寄りそうな男を、内儀だろうか、お糸よりも三つ、四つほど年上に見える女が、必死で止めている。

　長屋の女房達は、老婆を後ろから宥めていたが、なんとなく遠巻きだ。

　老婆が、こめかみに青筋を立てたまま、厭な笑いを浮かべ、ふん、と鼻を鳴らした。

「お前さんこそ、何企んでるんだい。ああ、嫁入りに邪魔な娘を引き取ってやる代わり、金子でも積まれたかい、火消の組頭にさ」

「なんだとぉ」

男の握りしめた拳が、震えている。

お早は、長屋の入り口から、通りがかりの野次馬に紛れて大喧嘩を見守っていたが、そろそろ潮時のようだ。

なかなか面白い見世物ではあったが、仕方ない。

男の年の頃は三十二、三といったところか、いかにも腕っぷしが強そうだ。上背があり、小さな老婆の背は、男の胸当たりまでしかない。

このまま放っておくと、摑み合い、殴り合いになる。女子だけでは、この大男を止めきれないだろう。

「ま、私も、女子なんだけどね」

お早は小さく呟いて、諍《いさか》い最中の一団へ、気配を消してさっと近づいた。

男が、拳を振り上げたところで、老婆との間に割って入り、男の肩を軽く押さえる。

「まあまあ、お二人とも落ち着いて」

ふいに現れたお早に、居合わせた皆が揃ってぎょっとする。

はた目には老婆を背に庇っている風に見えるだろうが、お早の目論見は、老婆の視線を男から遮り、そのろくでもないことばかり垂れ流す煩い口を閉じさせることにあった。

「すっこんでて、貰おう――」

男の啖呵《たんか》を遮るように、肩口を押さえた手に力を入れ、ぎゅ、と握る。

痛みのつぼをしっかり捉えているので、大の男でも痛い筈だ。

お早は、男が喚かなかったことに驚き、また感心した。

微かに顔を歪め、男がお早を睨んだ。

「何があったか知りませんが、女子相手に手を上げちゃあいけませんよ、旦那」

女子ですって。

婆様相手に。

まあまあ、素敵だこと。

背に庇った老婆の更に後ろ、遠巻きの女房達から、溜息交じりのささやきが聞こえて来た。

だから、私も女子なんだけどねぇ。

お早は、心中でぼやいた。大体、誰よりもお早自身が、この「くそ婆ぁ」を庇うなぞ、虫唾が走ると思っているのだ。素敵と言われても嬉しくない。

老婆が、お早の背中から飛び出して喚いた。

「このっ。年寄りに手ぇ上げるなんざ、とんでもない奴だよ」

お早は、慌てて身体をずらし、老婆を抑えた。

男の内儀らしい女が、「お前さん、やめとくれよ」と訴えている。

すかさず、お早は内儀の言葉に乗った。

「そうですよ、旦那。話を伺うに、おとみちゃんの伯父さん、ですよね」

老婆憎しの勢いのまま、鋭い視線を男がお早に向ける。

「お前さんは、誰だい」

その問いには、邪気のない笑みのみで答え、お早は物言いを改め、再び訊いた。

「お清代さんの娘さん、おとみちゃんの伯父さんとお見受けします」

『藍千堂』の幸次郎と『百瀬屋』の番頭、由兵衛に短い間で叩きこまれた、大店の奉公人の振る舞いで頭を下げる。

男は戸惑った顔で頷いた。

「お、おお。大工の佐多三だ。こっちは女房のおたつ。おとみはおいらの姪だ」

お早は、にっこりと笑みを深め、囁いた。

「でしたら、これは、ちょっとばっかり不味いんじゃありませんか」

「なんだと」

佐多三は、再び声を荒らげた。江戸の者は気が短いと言われるが、この男は気短というよりは、喧嘩っ早いというところだろう。

お早は構わず続けた。

「今まで母娘共々、世話になった店子仲間を、引き取ってくれる伯父さんが怪我をさせたとなれば、おとみちゃんは、さぞかし肩身が狭いでしょうねぇ。妙な噂だって立つかもしれない。そうなったら、おとみちゃんをすんなり引き取れるかどうか」

内儀のおたつが、はっとして、おとみの部屋へ飛び込んだ。開いた腰高障子の向こう、おとみは、部屋の隅に耳を塞いで蹲《うずくま》っていた。おたつはそのままの勢いで上がり込み、駆け寄っておとみを抱きしめた。

「堪忍、堪忍ね、おとみちゃん。怖かったでしょう」

宥める声には、涙が滲んでいた。

佐多三は、狼狽えた顔でおとみと内儀を見遣ったが、すぐに眼を逸らした。ばつの悪さと苛立ちを視線に乗せ、お早を睨む。

お早は、何か言いかけた佐多三の機先を制し、部屋のおとみには聞こえない程声を潜めて告げた。

「町火消の頭が出張ってこないことを、祈りますよ。おとみちゃんを引き取らなかったことと、乱暴な男に恋女房の子を任せるかどうかは、また別の話でしょう。むしろ、せめていい貰われ先を、と考えるんじゃあないですかねぇ。それが人情でも、外聞を気にしただけでも」

佐多三の顔色が、みるみるうちに、悪くなっていった。

やがて、むっつりと言い返した言葉は、力がなかった。

「お前さんにゃあ、関わりのねぇこったろう」

「関わりはあるんですよ。私はおとみちゃんの友達なので」

昨日なりたての友、しかもおさちの名を出して、無理矢理友の座に就いたことは言わずに置く。

それでも、おとみはお早を頼りにしてくれていたようだ。伯母の腕を振り払い、裸足のまま転がり出てきて、お早にしがみついた。

軽く背へ腕を回してやり、ぽんぽん、と叩く。

この男に、おとみは渡せない。

お早は最初《はじめ》、老婆と佐多三との言い争いを目の当たりにして、思った。

でも今は、そうでもないと感じている。

佐多三は、おとみの為に老婆に腹を立てていた。内儀もおとみに優しく接してくれている。二人とも、おとみを心底案じているようだ。兄と二人、無事に生きるため大人の様子を覗《うかが》いながら育ったお早には、それがよく見えていた。

何よりも、この老婆からおとみを引き離さなければいけない。

お早と同じ考えを、佐多三は持ってくれているようだった。それに関しては、とても頼もしい。

お早は、おとみの身体を少し離して前にしゃがみ、同じ高さで目を合わせた。

「大丈夫。伯父さんはおとみちゃんに良くしてくれるから」

「本当」

「うん、このお早さんが言うんだから、本当」

不安に顔を強張《こわば》らせていたおとみが、ようやく少し笑った。

「それに、辛いことや助けが欲しいことが起きたら、いつでも私を訪ねて。『百瀬屋』にいるから」

軽々しく口に出していいことではないと、分かっている。昨日会ったばかりの娘。赤の他人が出来ることなぞ、限られている。

頭では分かっていても、歯止めが効かなかった。

お早は、ただ、ひとりになってしまったおとみを、少しでも安心させてやりたかった。

おとみが、ぽつりと呟いた。

「おさっちゃんに、会いたい」

「おとみちゃん」

「伯父さんの家、あさくさってとこなんだって。今日から、そこで一緒に暮らすんだって。ここからは遠いから、もうおさっちゃんとは遊べないの。だから、せめて、さよならって言いたい。今まで仲良くしてくれて、ありがとう、とっても楽しかったって、言いたい。もう一度でいいから、おさっちゃんに会いたい」

幼い目から、ぽろりと大粒の涙が零れた。

真っすぐにお早を見つめる瞳は、どこまでも澄んでいる。

お早は、おとみをそっと抱きしめて、思った。

ああ、「お情け」という言葉を知っていようが、知らなかろうが、この子達二人の仲には、何の関わりもなかったのだ。

お糸が、さちに言ったそうだ。

友達には、ただ、自分で出来ることを精一杯してあげる。甘いお菓子なんかいらない、それだけで十分だ、と。

二人はよく、家の近くの橋で、行きかう人を眺めては、晩御飯はなんだろうとか、子供は何人いるとか、言い当てて遊んだそうだ。

花を摘んだり、木の実をあつめたりして、笑い合った。

集めたものは、いつも半分こ。

おとみは、さちに父親が出来たことを喜び、さちはそんなおとみを気遣って、晴太郎をなかなか父と呼べずにいた。

そうして、幼い二人が築いてきた絆が、全て。

大人が、どんなちょっかいを出せるというのだろう。

お早は、そっとおとみに囁いた。

「伯父さんに、頼んでご覧」

おとみが、顔を上げてお早を見た。

「でも」

「大丈夫。私も助けるから」

きゅ、とおとみが唇を嚙んだ時、ひび割れた声で佐多三が呟いた。

「やっぱり、こんな長屋に大ぇ事な姪っ子を一刻でもおいちゃあおけねぇ。おたつ、すぐにおとみを連れて帰るぞ」

おたつが、戸惑いも露わに、亭主を止めた。

「でも、おとみちゃん、長屋や周りの人にお別れさせて上げなきゃ」

佐多三が、ぎろりと老婆を睨みつけ、言い捨てた。

「そんなもん、いらねぇ」

びくりと、おとみが肩を震わせ、お早の袖を握りしめた。

おたつは、眉根を寄せて亭主を叱った。

「まったく、これから一緒に暮らそうってのに、最初《はな》から怖がらせてどうするんだい」

それから、優しい微笑を浮かべ、おとみを見た。

「ねぇ、おとみちゃん。おとみちゃんだって、ご近所さんや仲のいい子に、さよならくらい、言いたいわよね」

内儀は、話が分かる人のようでよかった。

お早は、ほら、と軽くおとみの背中を、内儀へ押し出した。

おとみが、お早を見上げてから、おずおずと口を開いた。

「あの、おっ母さんが、おせわになったときには、ちゃんとお礼を言いなさいって。ながやのばばさま、おじさん、おばさんには、おっ母さんも、あたしも、沢山助けて貰ったから」

佐多三が、自分よりも余程大人なおとみの物言いを聞き、ばつが悪そうに、視線をさ迷わせる。

おとみは、少し迷って続けた。

「それから、近くに友達がいるんです。おさっちゃんって言います。とっても仲がよかったの」

おとみの瞳が、ほんの少し滲んだ。

佐多三の手前、離れたくないとは言えないのだろう。ぐ、と唇を噛んでから、俯《うつむ》いて続けた。

「さよなら、言いたいんです」

佐多三が、ゆっくりとおとみに近づいた。

「お前さん」

窘める口調で女房に呼ばれ、佐多三は小さな溜息を吐き、おとみの前で腰を落とした。

「長屋の子じゃあないのか」

おとみが首を横へ振ると、老婆が得意げに、割り込んできた。

「神田相生町の表店、上菓子司の娘さんさ。本当なら、おとみちゃんと仲良くなんかなれないような、お嬢さんだよ」

先刻、佐多三が老婆に摑みかかるのを、止めるんじゃなかった。

お早は、本気で悔いた。

だが、おとみはまるで屈託なく笑った。

「おさっちゃんは、すごいんです。あたしと同い年なのに、もう『ととさまの店』でお仕事をしてるの。にんきのじょうがしつかさのお嬢さんなのに、ちっとも偉そうにしなくて、明るくて、優しいのよ。おさっちゃんといるのは、とっても楽しい」

さち自慢になった途端、おとみの畏《かしこ》まった口調が解けた。全く、さちもおとみも、微笑ましい。

表店のお嬢さん、と聞いて、佐多三は頰を強張らせたが、内儀に肩口を突かれ、ぎこちない笑みを浮かべた。

「それは、ちゃんとさよならをしないとな」

さよなら、と言われておとみが顔を歪ませる。

それでも、おとみは、泣くこともなく、さよならは嫌だと、駄々を捏《こ》ねることもなく、小さくひとつ、頷いた。

*

おとみが今日、伯父夫婦に連れられて神田を去る。その挨拶に、『藍千堂』へ来る。思ったよりも速い事の運びに、お早は長屋でおとみ達を見送ってから、急いで先回りをして『藍千堂』へ来てくれたのだそうだ。

老婆の何が伯父の佐多三を怒らせたのか、お早は聞けなかったが、「心当たりならあり過ぎる」と溜息を吐いた。

それに、『藍千堂』とさちを、随分と拙《まず》い言葉で持ち上げてくれたようで、それだけでも、佐多三が晴太郎達にどんな思いを抱いたのか、容易《たやす》く察せられた。

話を終えたお早を『百瀬屋』へ帰してから程なく、『藍千堂』を訪ねてきた佐多三夫婦は、案の定、どちらも顔つきが硬かった。

佐多三は一本立ちした大工だったが、このほど、子のいなかった親方から、親方の席を譲り受け、弟子を取って親方大工になるのだと、晴太郎に挑むように告げた。

佐菜とさちは、晴太郎達の昼飯をつくりに、すでに店へ来ている。

おさちには、この人たちとの話を聞かせられないな。

小さな店だ。どこで話しても、さちには聞こえてしまうだろうが、今から西の家へ戻れとも言えない。

迷っているうちに、佐多三が名乗った後、忙《せわ》しなく切り出した。

「おとみは、あっしの住まい、浅草へ連れて帰りやす。この娘《こ》に、大層良くしてくださったと伺いやしたので、一言だけご挨拶に」

内儀のおたつが、小さな声で「お前さん」と亭主を宥めた。

晴太郎は、溜息を堪え、応じた。

「うちの娘は、おとみちゃんと仲良くして貰ってました。お急ぎでなければ、一言だけと言わず、少し時をやってくれませんか。おとみちゃん、おさちなら勝手にいるから、会ってやってくれる」

硬かった頰を少し緩ませて、おとみはこくりと頷いた。

「お前様」

勝手から顔を出した佐菜が、柔らかく声を掛ける。

「二人は、私が暫く西の家で遊ばせてきましょう」

出来た女房は、どうやら、晴太郎の逡巡を察してくれたようだ。

晴太郎は、ほっとして佐菜に答えた。

「そうしてくれるかい。佐多三さん、構いませんか。住まいはすぐ近くですので」

佐多三は、硬い顔のまま何か言いかけたが、嬉しそうなおとみを見て、思い直したように肩を落とした。

「よろしくお願いします、お内儀さん」

佐菜が、にっこりと笑っておとみを呼んだ。

「いつもおさちと仲良くしてくれて、ありがとうね」

「おさっちゃんの、おっ母さんですか」

「ええ、そうよ。暫く、うちでおさちと遊んでましょうか。伯父さんはここで少しお話があるの」

「はい」

嬉しそうな遣り取りの後、佐菜と共に勝手へ向かったおとみを、佐多三はじっと見つめていた。

店は茂市に任せ、気の張る客をもてなせるよう、ようやく整えた二階へ、佐多三夫婦を通す。

幸次郎にも仕事をするように言ったのだが、自分も話をすると言って聞かなかった。

佐多三の厳しい目つきを見て、晴太郎ひとりでは心もとないと思ったのだろう。

腰を落ち着けたはいいが、佐多三はむっつりと黙り込み、晴太郎とは目も合わせない。

内儀のおたつが、ぎこちない笑みで話を切り出した。

「急な話ですが、おとみは連れて帰ることにしました。私達の娘として育てるつもりです」

そうか、おとみちゃんにようやく「お父っつあん」ができるのか。

その代わりに、実の母と別れることになったのだから、よかったとはとても言えないが。

「そうですか。娘が寂しがります」

亭主の不躾な振る舞いを取り繕うように、おたつは話を続けた。

「おとみは、こちらのお嬢さんとは、とても仲良くしていただいたそうで。どうしても、さよならが言いたいと言うものですから、いきなりお邪魔してしまい、申し訳ありません」

話すごとに狼狽えて、早口になるおたつを、晴太郎は宥めた。

「どうぞ、楽になすって下さい。表店と言っても、小さな菓子屋です」

刹那、佐多三の気配が、目に見えてささくれ立った。

側の幸次郎が、やれやれ、という風に顔を顰めた。

どうやら自分は、余計なことを言ってしまったようだ。

「随分と、ご立派な『小さな菓子屋』でごぜぇやすね」

佐多三の言葉は、皮肉と棘《とげ》に塗《まみ》れていた。

幸次郎が、やけにはっきりと呟く。

「大人げない」

「幸次郎」

晴太郎は、佐多三が言い返してくる前に弟を窘めた。

そこへ、丁度茂市が持って来た茶と金鍔を見て、佐多三が厭な笑いを浮かべた。

「こんな上等な菓子、あっしらにゃあ要りやせんよ、旦那さん。何しろ、仲がいいってぇ割に、おとみは一度も食わして貰えなかったようですから。ここへ伺う道すがら、おとみから聞きやした。ああ、別に怒っちゃいやせん。いいとこのお嬢さんに、お情けで仲良くしてもらえただけで、十分でさ。菓子なんざ、とんでもねぇ」

なるほど、そうきたか。

茂市は、さすが幾年もひとりで店を切り盛りしてきただけあって、落ち着いたものだ。何も聞こえなかった、という顔で、「ごゆっくり」と言い置いて階下《した》へ戻って行った。

おたつは、すっかり顔色を失くしている。

晴太郎は、零れかけた溜息を呑み込んだ。

さちの友達に菓子をやってはだめだというお糸の教えは、決して間違ってはいないと、晴太郎は思っている。おとみと遊んだ後、楽しそうにしているさちを見れば、それは明らかだ。

けれど、こうしてさちの真心を曲げて取る者もいる。分かってはいたし覚悟もしていたが、どうにも切ない。

お糸が、総領娘は友を作りづらいと言っていたことが、身に染みて分かった。

また何か言い返したそうな幸次郎を目で抑え、晴太郎は静かに言った。

「自分でできることを、できるだけ」

何を言ってるんだ、という風に、佐多三が首を傾げた。晴太郎は続ける。

「娘のおさちが、友達と付き合う時に、決めていることです」

おたつが、はっとした顔をした。

「おさちは、おとみちゃんと一緒に、花を摘んだり木の実を集めたり、橋の上で、通りがかる人の暮らしを当てっこしたり。楽しそうでしたよ。父御《ててご》のいないおとみちゃんを気遣って、心を痛めたりもしました。おとみちゃんも、おさちの悩みを親身に聞いてくれていたそうです」

「娘自慢でごぜぇやすか。それとも、育てた親が偉い、と」

掠《かす》れた声で吐かれた悪態は、負け惜しみにしか聞こえない。おたつが、顔色を変えて亭主を窘めた。

「お前さん、止《よ》して頂戴」

幸次郎が、おたつの言葉に鋭い口調で言葉を被せた。

「ええ、それはもう、いい娘に育ちました」

晴太郎は、苦笑いで幸次郎を窘めた。

「幸次郎も、お止し」

それから、再び佐多三に向かう。

「子供は子供同士、良いつながり方を探すようです。それに任せただけのこと。おとみちゃんも素直で優しい、いい子ではありませんか」

ふん、と佐多三が鼻を鳴らした。

「子供ってぇおっしゃいやしたが、もうお嬢さんに、仕事をお任せになってるそうじゃあ、ごぜぇやせんか。おとみとはとても釣り合いやせん。お情けで遊んで貰ってたんだと、後で気づいちゃあ、おとみも可哀想だ」

ああ言えば、こう言う。頑《かたく》なだなあ。

晴太郎は、少しだけうんざりしたので、幸次郎ならきっとこう返すだろうと、真似てみた。

「お情け、ね。長屋のお婆さんと大喧嘩をした佐多三さんが、そのお婆さんの言葉をなぞるんですか」

幸次郎が、隣で音もなく笑った。

ほんの刹那、顔色を変えた佐多三が、悔し気に問う。

「どっからその話を」

「それは、今、大事なことですか」

「さっきから、下手に出てりゃあ、ちくちくと――」

苛々と吐き捨てた佐多三の言葉を、おたつの叫びが遮った。

「もう、いい加減にしとくれっ。これから、おとみと身内の関わりをつくってかなきゃいけないのに、お前さんったら、お世話になったあちらこちらで、喧嘩を売ってばっかり。一体、何がしたいんだい」

「けどよ、おたつ」

いい加減にしとくれ。おたつが厳しい口調で繰り返す。

「傍から聞いてると、駄々こねた子供が大人に食って掛かってるようにしか聞こえないよ。いよいよ弟子も取ろうって親方大工が、恥ずかしいと思わないのかいっ」

こういうのを、「雷を落とす」というのだろうか。

亭主に寄り添っていた、ひっそりとした佇《たたず》まいから一転、切れのいい啖呵が、佐多三を萎《しお》れさせる。

どうやら、本気で怒った女房を、佐多三は恐れているらしい。

か細い声で、「滅多に怒らねぇ癖に、一度怒ると、お前《め》ぇは心底、おっかねぇ」とぼやいている。

「何か言ったかい」

ぎろりと睨まれ、佐多三はあたふたと誤魔化した。

「な、なんでもねぇよ」

佐多三が別人のようにしおらしくなったことを確かめるように小さく頷き、おたつは居住まいを正して晴太郎と幸次郎に、深々と頭を下げた。

「うちの亭主が大変な失礼をしました。どうぞこの通り」

頭を下げた格好で、亭主の袖をぐい、と引き、お前も頭を下げろ、と促す。佐多三が、素直に、いささか大仰な動きで頭を下げる。

「おとみの長屋で腹を立てた勢いが余っちまった。おとみと同い年の娘さんに仕事をさせてるってぇ聞いて、かちんときたのもあったし、おとみがこちらさんの菓子を食ったことがねぇってのも、正直面白くなかった。そんなこんなで、つい。面目ねぇ」

幸次郎が、冷ややかな問いを投げかける。

「それで、詫びているつもりですか。私には、喧嘩を売られたようにしか、聞こえませんが」

「そ、そりゃあ――」

慌てた様子で、起き上がった亭主の頭を、再びおたつが腕を引くことで下げさせる。

「今のは、悪気はないんです。この人は、ちょっとばかり言葉の選び様が下手くそでねえ。本当に申し訳ありません」

晴太郎は、ほ、と息を吐いて、夫婦を促した。

「頭を上げて下さい。こちらこそ、弟が失礼をしました」

窘められた幸次郎が、む、と口をへの字に歪める。

ごめん、こんな時だけ、主面《あるじづら》、兄面《あにづら》して。

晴太郎は、へらりと、情けなく笑ってみせた。

弟が、顰め面のまま、気配を和らげる。

「兄さん、もう一言、二言、こちらに申し上げても」

くれぐれもお手柔らかに、と目顔で頼みつつ、頷く。

幸次郎が、佐多三夫婦に向かった。

「『羽振りのいい表店が、幼子に仕事をさせている』『我が家の総領娘は、友に菓子のひとつも分け与えない』、そんな思い込みをされては、店にとっても姪にとっても、迷惑千万ですので、本当のことをお教えして差し上げましょう。姪のおさちがしている『仕事』とは、『藍千堂《うち》』の菓子を食べることです。当たり前でしょう、あの子は総領娘ですから、うちの味を覚えなければいけない。ああ、間違っても、役得だ、なぞと考えないでください。ただ、あどけなく『おいしいね』と言って済む話ではありませんよ。どんな砂糖を使っているのか、小豆や寒天の質は、菓子職人の腕は、舌触りや見た目は。

全て確かめながら菓子を食べなければならない。仕事として『甘いもん』を口にしなければならない。ただ楽しむことが出来ない。それが務めとはいえ、子供には辛い務めだと思いませんか。それから、おとみちゃんに『藍千堂』の菓子を分け与えなかった話ですが、ならば訊きましょうか。貴方は、我が子の友だからとご自分の建てた家に、その一家を住まわせますか。新しい家を建ててくれと乞われ、その間の稼ぎがないとしても、快く応じますか」

そ、そりゃあ、と佐多三は口ごもった。

「何か、のっぴきならねぇ経緯《いきさつ》でもありゃあ。そうだ、火事で焼け出されたんなら、長屋のひとつや二つ、建ててやりやすよ」

「その、『のっぴきならない経緯』とやらを、おとみちゃんは抱えていましたか。母子二人で生きてきたとはいえ、暮らしの後ろ盾はずっとあったはずですよ」

ぐう、と佐多三が、喉を鳴らした。幸次郎はさらに畳みかける。

「家と菓子を一緒にするな、とは言わないでください。職人が心血を注いで作り上げた、という意味では、同じものです」

長い間を置いて、佐多三はしおしおと頷いた。

「何から何まで、おっしゃる通りでさ」

ようやく、幸次郎が気配を和らげた。身内だけが分かるほどの微かな笑みを浮かべ、穏やかな声で語る。

「とはいえ、兄は愛娘の友達に、菓子をおすそ分けするつもりでいました。私も止めなかった。だめだと言ったのは、おさちと同じ、上菓子司の総領娘でした。その娘は、幼い頃、友に求められるまま、菓子を分けていたそうです。そうして娘の周りには、菓子目当ての子ばかりが集まった。親からも、もっと寄こせ、安く売れと迫られたり、一方で『大店の娘が、施しているつもりか』『高い菓子をうちでも強請《ねだ》られて、迷惑だ』と、罵られたりもしたそうです」

晴太郎は、幸次郎を見た。

初めて聞いた話だ。お糸があまり友をつくらなくなり、上辺だけの付き合いに留めるようになったのは、いつの頃からだったろう。

甘えん坊だったお糸が、晴太郎の知らないところで、そんなほろ苦い想いをしていたなんて。

幸次郎が、そっと晴太郎に囁いた。

「お父っつあんやおっ母さんの目の届かないところで、叔父さんがお糸に菓子を与えていたそうですよ。元々、覚悟の甘いお人だったってことです」

幸次郎も俺も、叔父さんのことは言えないじゃないか。お糸に叱られるまで、気づかなかったんだから。

言いたかったけれど、口は噤んでおいた。せっかく、佐多三を窘めてくれているのだ、余計な茶々は、入れないに限る。

もっとも、顔色から心の声を読まれていたようで、晴太郎は幸次郎にじろりと睨まれた。

空咳をひとつ、幸次郎が佐多三に、訴える。

「おとみちゃんは、その総領娘に群がった子供達のように、菓子屋の友に菓子を求めることはしなかった。小さな二人の子が、それぞれ身ひとつ、心根ひとつで、絆を育てたことを、褒めてやってはくれませんか」

佐多三は神妙な面持ちで、長いこと黙って考え込んでいた。

「かみなり様」と化していたおたつも、静かに亭主が口を開くのを待っている。

やがて、ぽつりと言葉を落とした。

「てぇした娘さんだ」

晴太郎が応じる。

「おさちは、いい子です。おとみちゃんだって、いい娘さんだ。越してきてすぐに、うちの子と仲良くしてくれた」

佐多三が、訊き返した。

「越してきて、でごぜぇやすか」

晴太郎は苦笑を浮かべた。ここは、晴太郎と佐菜、さちを助けてくれた久利庵の筋書きを借りるよりない。

「手前が甲斐性なしだったために、女房の佐菜とおさちとは、ずっと離れて暮らしていました。一緒に暮らし始めたのは、一年前の春です」

目を丸くした佐多三が呟いた。

「そうで、ごぜぇやしたか」

はは、と晴太郎は情けない笑いを零した。

「もしかしたら、未だにぎこちない親子のままってことも、あったかもしれない。でも、たった一年と少しで、おさちはすっかり打ち解けてくれた。おさちの方から歩み寄ってくれたんです。偉そうなことを並べましたが、親としちゃあ、情けない」

思いつめた様子で、おたつが「あの」と、声をかけてきた。

「おとみは、私達の娘として育てようと思ってるんです」

「はい」

「旦那さんとおさっちゃんは実の親子だから、私達とは違うのは分かってます」

晴太郎とさちもまた、実の親子ではない。親類でもないのだから、むしろ佐多三夫婦とおとみよりも、関わりは遠い。

ずく、ずく、と晴太郎の胸が鈍く騒いでいるのは、この夫婦を騙しているうしろめたさからか、本当のことを知ったさちに嫌われるかもしれないという不安からか。

晴太郎の内心の悩みを知る由もないおたつは、軽く身を乗り出して続けた。

「私達、子供がいないんです。我が子としてって言っても、いきなり、六歳の子供とどう接したらいいのか」

どうすれば、いいか。

晴太郎は、咄嗟に答えられなかった。

確かにさちは、晴太郎を「とと様」と呼んでくれる。

でも、本当の父親のことを知ったら。

それでも、さちは晴太郎を「父」と思ってくれるのだろうか。

実の父に会いたいと訴えられたら、自分はどう答えるのか。

幸せな日々の片隅を翳《かげ》らせていた小さな暗がりは、おとみの家の騒動を切っ掛けに、くっきりした輪郭を纏い始めていた。

血のつながった伯父夫婦でさえ、ここまで戸惑い、不安に思うのだ。

赤の他人の自分が、さちに隠し事をしている自分が、今まで迷わずにこれたことこそが、おかしいのだろう。

少しずつ積み上げ、確かになったと思い込んでいた、父娘の繋がり。

それが、これほど容易く自分の中で揺らごうとは。

「兄さん」

小さく呼ばれ、晴太郎は我に返った。

だが、目の前の夫婦に、答える言葉が見つからない。

とどのつまり、誤魔化した上に積み上げた繋がりなぞ、脆いものでしかないのだろうか。偉そうなことを語れた義理なぞ、ない。

ふ、と幸次郎が、小さな溜息を吐いた。軽く目を伏せ、佐多三とおたつに向かって、静かに告げる。

「何も、一足飛びに親子にならなくても、いいんじゃありませんか。『仲のいい身内』から始めて、おいおい、で。兄は、そうやっておさちに接してきましたよ。おとみちゃんの歳なら、産みのおっ母さんとの思い出もあるでしょうし。尚更、じっくり付き合っていくのが、いいかと」

おたつが、ゆっくりと肩の力を抜いていったのが分かる。

「そう、ですね。何も、慌てることはないんですよね。私達は、あの子の伯父夫婦なんだから」

佐多三も、戸惑いながら、内儀に応じる。

「あ、ああ、そうだな。今まで、ずっと離れてた姪っ子なんだ。いきなり親子になんざ、なれる訳《わき》ゃあねぇんだ」

幸次郎が、晴太郎にそっと囁く。

「兄さんも、少し肩の力を抜いてください。お二人に引きずられたのかもしれませんが、狼狽え過ぎです」

「幸次郎」

弟を呼んだ自分の声は、情けない程弱々しかった。弟が、盛大な顰め面をつくる。

「私の可愛い姪っ子、おさちの真心を疑うんですか。そんな暇があったら、お客様のもてなしをお願いします」

幸次郎の言葉が、耳から心に届いた途端、佐菜とさちの笑顔が、晴太郎を埋め尽くした。

お前様。

とと様。

毎日、幾度も聞いている自分を呼ぶ声。

佐菜、さちと暮らした時はまだ短く、来し方は変えられない。

さちが真実を知った時、自分達親子はどうなるのか。行く末は誰にも分からない。

だからと言って、今の幸せを疑うなぞ、愚の骨頂である。

ようやく、目が醒めた気分だ。

晴太郎は、憑き物が落ちたように明るく落ち着いた佐多三夫婦に笑い掛け、幸次郎に頼んだ。

「あまりお引き止めしても申し訳ないね。おさちも名残惜しくなるばかりだろうし。三人を呼んできてくれるかい」

ようやく我に返ったか。まったく世話の焼ける兄だ。

まったく隙の無い商い向けの笑みを浮かべつつ、そんな呆れた視線を寄こした幸次郎は、すぐに西の家へ向かってくれた。

程なくして、目を真っ赤にした二人の娘を、微苦笑を浮かべた佐菜が連れて来てくれた。

泣いて別れを惜しんだのかと思うと、晴太郎の胸も痛んだ。茂市が隠れて涙に暮れていなければいいが。

おとみが、さちの側を離れ、佐多三夫婦のところへ、やってきた。

「お前さん」

おたつが、佐多三を促す。

佐多三は、硬い顔をしたおとみを自分達の前に座らせると、子供らしい肩に、ごつごつした手を置いた。

「おとみ。お前ぇは、今日から浅草で、おいらたちと一緒に暮らす。それは、長屋で話したな」

「はい」

返事をしたおとみの顔は、むしろ硬さを増したようだ。おたつが、おとみの手を握る。

「さっきは、いきなり娘として育てるなんて言って、堪忍しとくれね。いきなりだもの、驚くよねぇ。だからね、娘だ親だってのは一旦忘れて、まずは伯父さん、伯母さんと、暮らしてみようよ」

とうとう、おとみは下を向いて、しくしくと泣きだしてしまった。

夫婦が揃って狼狽える。

小さくしゃくり上げながら、おとみは訊いた。

「あさくさって、ここから遠いんですよね」

佐多三が、口ごもりながら「まあ、遠いってぇほどじゃねぇさ」と応じる。

さっと顔を上げたおとみが、顔を輝かせた。

「ほんとう。今まで通り、毎日、おさっちゃんと遊べる」

「そりゃあ、その――」

いい加減なことを口にした亭主をじろりと睨み、おたつがおとみを宥めた。

「毎日は、無理かしらねぇ。おとみちゃんひとりで、歩いてここまで来るには、ちょっと遠いから」

再びおとみは、顔を歪ませたが、袖で目を乱暴に擦ると、寂しそうに笑って呟いた。

「そっか」

さちも一時、よく口にしていた、おとみの口癖だ。

ふいに、さちが思いつめた顔で晴太郎を見、それから傍らに寄り添った佐菜を、不安げに見上げた。

佐菜が、笑顔でさちの背中を押す。

「とと様に、お願いしてご覧」

さちが、佐菜に小さく頷く。

何だろう。

首を傾げる晴太郎の許へ、さちがやってきた。膝の上に載せようと手を広げた晴太郎へ、さちは小さく首を振り、向かいに座った。

「とと様、お願いがあります」

「なんだい」

「とと様の煉羊羹、おとみちゃんと一緒に食べたい。今日だけ、一緒に食べちゃ、だめですか。とと様の味、あいせんどうの味、おとみちゃんにも、食べさせてあげたい」

勿論だとも。

こんな可愛らしい「お願い」を、聞かずにはいられるもんか。

すぐにでも応じたいのを、晴太郎はぐっと堪えた。

厳しく対する為ではない。先刻佐多三夫婦に幸次郎が言った手前、建前として勿体ぶる為でもない。

さちが、『藍千堂』の味を覚えるという自分の仕事に、真剣に取り組んでいることへの礼儀だ。

「いつもの、おさちがしている仕事とは別に、羊羹が食べたいってことかい。おとみちゃんと一緒に」

「はい」

「お糸姉さまとの約束は、どうするんだい。友達には、自分でできることを、できるだけって」

さちは、きゅっと唇を噛んで束の間考え込んだ。

「姉さまには、後でおわびします」

「内緒は、なしだよ」

「はい」

晴太郎はにっこりと笑った。

「姉さまとの約束を守れないことをちゃんとお詫びをするなら、構わないよ。そうだねぇ、丁度、とと様達のお客さんに、金鍔が気に入って貰えなかったから、他の菓子を出そうと思っていたとこなんだ」

青くなった佐多三とおたつの言葉を、晴太郎は笑み交じりの視線で宥め、さちに続ける。

「金鍔の代わりに何をお出ししたらいいか、おさちが考えてごらん。この仕事が出来たら、味を見る仕事の分の羊羹を、おとみちゃんと一緒に食べる分に、回そう」

さちの目が、嬉しそうに煌《きら》めいた。

それから、佐多三とおたつを見て、幼い仕草でぺこりと頭を下げる。

あたふたと、佐多三とおたつが、頭を下げ返す。

本当に、家の娘は可愛い。

さちは、ちょんと首を傾げて金鍔を見て、すぐに答えた。

「今日は、少し暑いので、焼き立てのきんつばよりも、すぐ支度ができて、のどごしのいい、茂市っちゃんの煉羊羹は、どうでしょう」

「ふえぇ、まるで大人の言いっぷりだ」

佐多三の、感心したような呟きに、胸の裡のみで応える。

喋り方は、まだまだ稚《いとけな》くて可愛いですけどね。

晴太郎は、左の掌でさちの頬をそっと包んだ。

「分かった。さちの言う通りにしよう。ちゃんと仕事が出来たから、約束通り、おさちのお客さんのおとみちゃんにも、羊羹を食べて貰おう。勿論、おさちも一緒だ」

みるみるうちに、さちの目が涙で潤んだ。

晴太郎に、勢いよく抱きついて来たさちを、苦笑交じりに受け止める。

「とと様。大好き」

本当なら、「お客さんの前で止しなさい」と、窘めなければいけないのだろうけれど、佐多三夫婦と、誰よりもおとみが微笑ましい顔でさちを見ていたので、晴太郎は何も言えなかった。

抱きついたままのさちが、晴太郎の耳に、そっと囁いた。

「あのね、とと様。おとみちゃんの羊羹、茂市っちゃんのじゃなくて、とと様の羊羹にしてほしいの」

さちが何を考えているのか。そして恐らく、さちの思っている通りにはならないだろうこと。

晴太郎には、なんとなく見当がついた。


佐多三夫婦は、「茂市の煉羊羹」に甚《いた》く感じ入ったようだったので、手を付けなかった金鍔と一緒にひと棹持たせた。

ふと思い立ち、幸次郎に、

「俺も気軽におすそ分けしたら、おさちに示しがつかないんじゃないかな」

と訊ねたところ、

「この店の主が、何を世迷言《よまいごと》を抜かしてるんですか、馬鹿馬鹿しい」

と、おたつよりも怖い雷を落とされた。

さちとおとみの別れは、二人とも泣き笑いの切なく明るいものだった。

「おさっちゃん、元気でね」

「おとみちゃんも。ねぇ、そんなに泣かないで。もう二度と会えない訳じゃないもの」

「でも」

「もっと大きくなって、ひとりであ、あ、あさくさまで、行けるようになったら、きっと会いに行く」

「わ、わたしも。おっきくなったら、おさっちゃんに会いに戻って来る」

「それまでの、辛抱ね」

「そう思えば、寂しくないね」

「うん」

「うん」

「うふふ、おとみちゃんったら、鼻、真っ赤」

「ひどい。おさっちゃんだって、鼻赤いじゃない」

そんな可愛いやり取りを見ながら、やはり茂市が一番涙に暮れていた。


「うん、またね」

「じゃあ、またね」

「お揃いだね」

「二人、一緒だ」


その日の夕飯を終えた後、幸次郎の膝の上で、どうにも腑《ふ》に落ちない、という顔をしているさちに、佐菜が声を掛けた。

「おとみちゃんと離れ離れで、寂しいわね」

さちが、困った顔で首を横へ振った。

「お別れした時は悲しかったけど、寂しくない。大きくなったら会う約束したから」

「あら、じゃあどうしてうちの可愛いお嬢さんは、しかめっ面してるのかしら」

幸次郎が、さちの顔を覗き込んで、皺の寄った眉間を、ちょんと突《つつ》いて、茶化す。

「大変だ。大切な総領娘の可愛い額に、皺が寄っているぞ」

幸次郎に突かれたところを、小さな両の掌で押さえながら、さちは母に答えた。

「おとみちゃんに、とと様の羊羹を食べて貰いたかったの」

雑味も渋みもない羊羹の美味しさを、大好きな友達と分け合いたかった。

知って貰えれば、おとみとのおしゃべりの種が、増える。

それから、ほんのちょっとだけ「我が家」の自慢もしたかった。

今、おとみちゃんが美味しいと言って食べてる羊羹より、とと様や茂市っちゃんのつくった羊羹の方が、ずっと美味しいよ、と。

穏やかに、佐菜が「そう」と応じる。

茂市のお蔭で、すっかり菓子の味が分かるようになったさちは、考えた。

茂市の羊羹も美味しいけれど、長屋で食べた羊羹のように、黒砂糖を使った、晴太郎の羊羹の方が、比べやすいだろう、と。

だから、おとみには、佐多三夫婦に勧めた茂市の羊羹ではなく晴太郎の羊羹を、とさちは願ったのだ。

さちは、心底分からないという風に、眉をひそめた。

「でも、おとみちゃんは、とと様の羊羹を食べて、言ったの」

――おっ母さんと食べた羊羹の次に、おいしい。

佐菜は、そうなの、と娘に相槌を打ちながら、綺麗な微苦笑を晴太郎に向けた。

さちが、思いつめた顔で、晴太郎を見て訊いた。

「どうして、とと様の羊羹が、あの羊羹の次なの」

やっぱり、昼間見当をつけた通りだったか。

晴太郎は、少し笑ってさちに答えた。

「おとみちゃんにとっては、そうだろうなあ」

途端に、さちが顔を曇らせる。

「そっか。さちは、ちゃんとお仕事、出来てなかったんだね。あの羊羹、本当はすごくおいしかったんだ」

思いもよらぬさちの言葉に晴太郎が目を丸くしていると、すかさず幸次郎の叱責が飛んだ。

「兄さんの言葉が足りないんです」

慌てて、さちに「ああ、そうじゃなくてね」と声を掛ける。

「おさちは、ちゃんと仕事をしてるよ。し過ぎなくらいだ。茂市っつあんのお蔭で」

茶をすすりながら、目を細めてさちを眺めていた茂市が、背中を丸くして詫びる。

「いや、その、つい調子に乗っちまって。面目ありやせん」

「茂市っつあん、驚きはしたけど、むしろ有難いと思ってるんだよ。おさちはのびのびと菓子のあれこれを覚えられたみたいだから」

茂市を宥めておいて、晴太郎は、さちへの言葉を探した。

「まず、ちゃんと『藍千堂』の菓子の味を覚えてくれているおさちと違って、おとみちゃんは、一昨日食べた羊羹が初めてだったんだろう。同じ甘くておいしい羊羹としか、分からなかったんじゃないかな」

むう、とさちが口を尖らせた。

「でも、おとみちゃんは、この間の羊羹が一番で、とと様の羊羹が二番だったのでしょう。同じ味じゃあないわ」

なるほど。

晴太郎は唸った。

どう言えば、まだ幼いさちに、思い出と味の深い関わりを、思い出が味に鮮やかな色を添えることもあるのだと、伝えられるだろうか。

「あのね。おさちは、縁日の飴玉や団子は好きかい」

さちが目を輝かせて、頷いた。

「うんっ」

「でも、『藍千堂《うちどう》』の菓子より、砂糖も団子の新粉も、味は随分落ちるだろう」

さちは、今度は考えながら、「うん」と応じた。

「なのに、縁日の飴玉も団子も好きなのは、どうしてだと思う」

晴太郎の問いに、さちが小首を傾げながら答えた。

「楽しかった、から。おとみちゃんと食べた飴玉も、お糸姉さまが買ってくれた、白玉入りの甘い冷や水も。水芸見物の時は、八丁堀のお兄ちゃんたちが、揃ってお団子一度にたくさん食べちゃったから、びっくりした」

おろくは、お糸の母、お勝の妹で、娘三人、息子二人の子持ちだ。佐菜と晴太郎が出逢った頃、さちと一緒に水芸見物に五人の子供達を連れて行ったことがあった。

そういえば、息子二人が競うように団子を頬張り、揃って咽《む》せていた。あの時は、喉に詰まらせたら一大事だと、皆で大慌てだった。

「そういう、楽しかったり、幸せだったりする思い出は、食べ物においしい味を足すんだよ。おとみちゃんは、きっと、おっ母さんに貰った初めての羊羹が嬉しかったんだろうね。そのおいしい味は、どんなに俺や茂市っつあんが頑張って作った味も、勝てないんだ」

さちは、随分長いこと考えていたが、やがて、「そっか」と呟いた。

その後、いい笑顔でさちは続けた。

「あの時のおとみちゃん、とっても嬉しそうだった。おとみちゃんが笑ってて、さちも嬉しかった。その嬉しい味が、足されたのね。それでも、やっぱりさちは、とと様の羊羹が好き。あ、茂市っちゃんの羊羹も、さちは大好きよ」

可愛いことを言ってくれたさちを、幸次郎がいち早く抱きしめた。

「私の姪っ子は、なんて賢くて可愛いんでしょうね」

晴太郎は、幸次郎に不平を言った。

「お前、ずるいよ」

幸次郎が、すまし顔で言い返す。

「店でのおさちの居場所は、茂市っつあんの膝の上。夕飯後のおさちの居場所は私の膝の上と決まっているんだから、仕方ないでしょう」

「誰が決めたんだい、そんなこと」

「おさちに決まってるじゃあないですか。ねえ、おさち」

さちが、首を傾げて、妙に大人びた声で告げた。

「とと様、幸おじちゃん、喧嘩はだめよ。きょうだいは、仲良くしなきゃ」

ぶふ、と、堪え損ねた笑いを、茂市が零した。

二話

恋しい母と「桐の花」

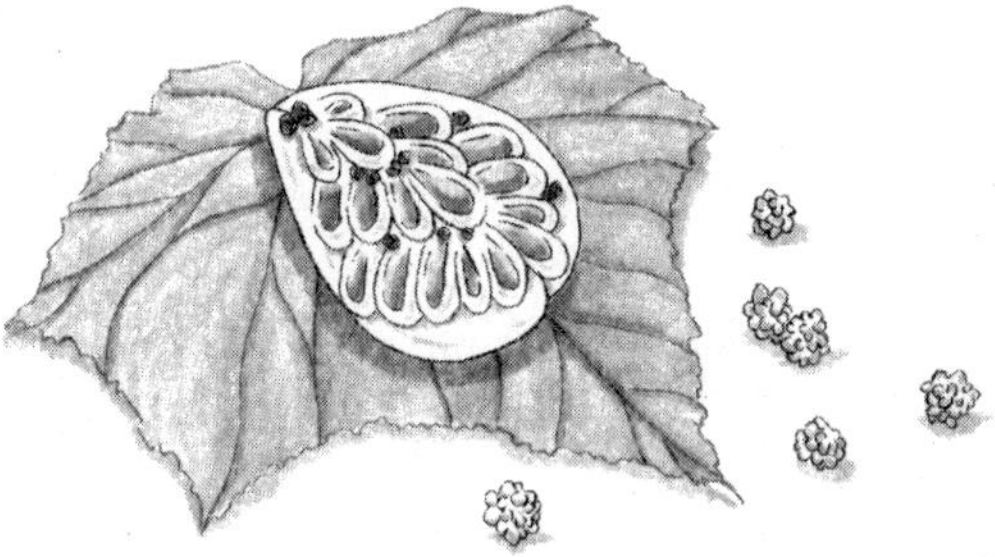

雨が降りしきる、梅雨寒《つゆざむ》の日暮れ時、血相を変えた佐多三《さたぞう》が『藍千堂《あいせんどう》』へやってきた。

偶々《たまたま》店に出ていた晴太郎《はるたろう》が、「ご無沙汰しています」と掛けた声に被せるように、佐多三は訊《たず》ねた。

「あ、あのっ。こちらにおとみがお邪魔してやせんか」

共にいた幸次郎《こうじろう》と顔を見合わせる。

幸次郎が、佐多三に訊ねた。

「おとみちゃん、いないんですか」

「お邪魔してねぇんですか」

応《こた》えの代わりに、先刻の問いを繰り返した佐多三を、晴太郎が「佐多三さん」と呼んだ。

佐多三は一転、熱に浮かされたような口調で、呟いた。

「こっちに来てねぇんなら、いいんです。お騒がせしやした」

ふらふらと出て行こうとする佐多三を、晴太郎は引き止めた。

「ちょっと、待ってください」

「急いでやすんで、あっしはこれで」

「上がって頂けませんか。詳しい話を――」

「愚図愚図してられねぇんだっ。こうしてる間にも、おとみはッ」

晴太郎は、気づいた。

見当たらないだけじゃない。何かあったんだ。

「おとみちゃんをこの辺りで探すんなら、お力になれます。まずは話を聞かせてください」

背を向けかけていた佐多三が、振り向いた。

いかめしい顔が、泣きそうに歪んでいた。


心配そうな茂市《もいち》に店を任せ、晴太郎と幸次郎が『藍千堂』の二階で佐多三から聞かされた話は、こうだ。

＊

浅草へ行ったおとみは、すぐに佐多三夫婦と打ち解けた。
いつも明るく笑って、隣近所の大人達にも可愛がられた。
佐多三は安堵したが、内儀《ないぎ》のおたつは、酷《ひど》く気を揉んでいた。
おとみは、無理に笑っているのではないか、と。
友達が出来ていないし、同じ年頃の子達とも遊ばない、と。
泣き虫だと、母親から聞いていたのに、浅草へ連れて来てから、一度も泣いていると
ころを見たことがない、と。
佐多三は、おたつの心配を笑って聞き流した。
おとみの様子がおかしくなったのは、五日前のことだ。
やけに周りを気にするようになった。
何かあるのか、誰かいるのかと、そのたびにおたつが訊ねても、笑顔でなんでもない
と、首を横へ振る。
けれど、その笑顔は随分と硬かった。
おたつに、よく「お前さんは、気楽でいいね」とからかわれる佐多三でさえ、おとみ

が妙だと気づいた。

初めて会った時よりも、隔たりが出来てしまったように感じたのだ。

二日前から、おとみは普段遊んでいる、近くの寺へ行かなくなった。寺に棲みついている猫を、おとみは大層可愛がっていて、一日に一度は、様子を見に行っていたのだ。

おたつが、寺へ行かなくなった訳を訊ねたのは、今朝のこと。

おとみは、「他の猫に会いに行ってるから」と答えた。

佐多三は、そうか、と思ったが、おたつは嘘を吐《つ》いていると感じたそうだ。

そうして今日、昼飯時になっても、おとみは帰ってこなかった。

*

「おとみは、どんなに寺の猫に夢中になってても、午《ひる》の鐘が鳴ると、必ず家《うち》に戻ってきてやした。腹が減ったと笑うんですがねぇ。本当《ほんと》のとこは、おたつが心配しないように、気ぃ遣ってたんじゃねぇかと」

しみじみと語った佐多三が、ふいに苦し気に顔を歪めた。歯の間から押し出すようにして、言葉を紡ぐ。

「やっぱり、慣れねぇ暮らしに疲れちまったのか。それとも、おいらとおたつが嫌われちまったか。それで逃げ出したんだ。畜生、おたつが『心配だ』って言ってたのを、聞き流さなきゃよかった。おいらが、もっと、ちゃんと、おとみのことを気にかけてやりゃあ、こんなことには」

幸次郎が、淡々と佐多三を窘《たしな》めた。

「悔いるのは、おとみちゃんが見つかってからにしましょう。浅草の御住まいの周りは、探したんですね」

佐多三が、縋《すが》るような目で幸次郎を見た。

「おたつと、取ったばかりの弟子が、探してくれてやす。おとみの足じゃあ、ここまでは遠いが、もしかしたら住み慣れた町が恋しくて、戻って来たんじゃねぇかって」

「そうですか。長屋へは、行きましたか」

「行きやしたが、おとみが住んでた部屋には、もう店子が入ってやした」

「では、もし神田にたどり着いているのなら、うちへ来るかもしれませんね。兄さんは、店で待っていてください。私は、岡《おか》の旦那にお話ししてきます」

相変わらず、弟は頼もしい。

佐多三は、おずおずと訊いた。

「その、岡の旦那ってのは」

「八丁堀《はっちょうぼり》の旦那。南町定廻《じょうまわり》同心を務めるお人です」

あっさりした幸次郎の答えに、佐多三が顔色を変える。

「は、ははは、八丁堀の旦那だなんて、一足飛びに、そんな大事《おおごと》にしなくても――」

幸次郎が、整った笑みを浮かべる。整いすぎていて、いっそ恐ろしいくらいだ。

「岡の旦那なら、大事にはしませんよ。そういうお人ですから」

「そういう、ってのは、その」

「いい加減という意味です」

幸次郎。「そういう」と誤魔化《ごまか》したのが、台無しなのじゃあないかい。

晴太郎は、必死で聞き流す振りをした。

佐多三が、目を白黒させながら、「はあ」とだけ相槌を打った。

「それに、拐《かどわ》かしの恐れがないとも、限りませんから」

「か、拐かし」

晴太郎は、慌てて幸次郎を窘めた。

「幸次郎、不確かな話で佐多三さんを脅かしちゃあ、気の毒だよ」

幸次郎が、眦《まなじり》を吊り上げる。

「気の毒、ですか。おとみちゃんを、ゆくゆくは我が子にと考えている佐多三さんこそ、起こるかもしれないあらゆる出来事を、知っておくべきだと思いますが。兄さん、自分の身に置き換えて考えて下さい。むしろ、今、一番近しい身内である佐多三さんが、行方知れずのおとみちゃんについて、蚊帳《かや》の外という方が気の毒だと、私は思いますけれど」

　幸次郎の言うことは、正しい。

「ごめん。軽々しく言い過ぎた。佐多三さんもすみません」

「いや、とんでもねぇ。でも、拐かしなんて、まさか」

　晴太郎は、まだ戸惑いが大きい佐多三を気遣いつつ、先刻の話で引っかかっていたことを確かめることにした。

「おとみちゃんの様子がおかしくなったのは、五日前からなんですよね」

「へぇ。おたつの言うことにゃあ、はっきり五日前からだって」

「周りを気にするようになった。可愛がっていた猫にも会いに行かなくなった、と」

「それが、何か」

　どうにか、やんわり伝えられないかと言葉を探していた晴太郎に代わって、ずばりと幸次郎が告げた。

「つまり、寺で何か、怖い思いをした。例えば怪しい人を見かけたか、声を掛けられたか。だから、寺へ行かなくなったし、周りを気にするようになった。怯《おび》えていた様子はありませんか」

「そわそわ、落ち着かねぇなとは、思いやしたが、怯えたり怖がったりしてる風じゃなかったような。いや、あっしの目は信用なんねぇ。もしかしたら、心配かけたくねぇって無理をしてたのかもしれねぇ」

佐多三は、低く唸って、頭を抱えてしまった。

ふむ、と幸次郎が、束の間考える様子を見せた。

「いずれにしろ、六歳の子供の行方が知れないのを、放っては置けません。暗くなる前に見つけなければ。ともかく、私は岡の旦那のところへ行ってきます。佐多三さんは、もう一度おとみちゃんが暮らしていた長屋を見に行ってください。できれば、店子の方々に、おとみちゃんを見かけなかったか――。ああ、いえ、それはお糸《いと》に頼んでお早《はや》を借りましょう。また婆《ばば》様とやらと怒鳴り合いにでもなったら、おとみちゃんを探すどころではなくなってしまう」

佐多三が萎《しお》れた。

「へぇ、ごもっともで」

「佐多三さんは、この辺りのことをご存じですか」

「妹のお清代《きよ》が、おとみを連れて神田の佐久間町《さくまちよう》へ移った時に、幾度か来ただけでさ。留五郎《とめごろう》さんと顔を合わせたくなかったもんでね」

佐多三の話では、お清代が勝次《かつじ》と所帯を持ったことで、兄妹の二親《ふたおや》が腹を立てたそうだ。

留五郎は、町火消《まちびけし》の組頭《くみがしら》だ。火事の時だけでなく、諍《いさか》いや騒動を収めたり、町の為に力を尽くしてくれていた。あの辺りで暮らす者にとって留五郎は、頼りがいのある男で、あちこちに顔も利く。

その男を、言い交わした仲ではなかったとはいえ袖にして、下についている勝次と一緒になるなぞ、申し訳が立たない。

二親は、そう言ったそうだ。

当の留五郎が取り成したことで、お清代は勘当を免れ、表向きは目出度い嫁入りとなった。

けれどお清代の二親はお清代を許すことはなく、縁を切ったも同じだったのだという。

佐多三とお清代の生家は小さな旅籠《はたご》を営んでいた。

行儀の悪い客や酔った客、柄の悪い駕籠《かご》かきらが騒ぎを起こすたび、留五郎が出張って収めてくれていたから、ことさら頭が上がらなかったらしい。

留五郎に睨まれ、旅籠が立ちいかなくなることを恐れていた節もある、という。

留五郎の顔色を窺ってばかりの二親に嫌気がさした佐多三は、早々に浅草の大工へ弟子入りし、生家を離れていた。

だから、お清代が実家から勘当同然になっていると知ったのは、勝次に嫁入りして暫く経ってのことだった。

佐多三は、少ししんみりと続けた。

「あっしは、正直、歳の離れた妹が、ちっとばかり可哀想だと思ってやした。いくら留五郎さんに頭が上がらねぇからって、許嫁《いいなずけ》どころか、好き合った仲でさえなかったんだ。そこまで気ぃ遣うことなんざ、なかったんじゃねぇかってね。お清代が勝次と好き合って一緒になって、可愛い娘が出来たことを、あっしは内心喜んでやした。二親の手前もあるし、留五郎さんと鉢合わせるのも御免だったもんで、会うことは控えてやしたが、本当はお清代や姪っ子の顔が見たくてねぇ」

お清代が、おとみを抱え後家になっても、二親は「帰ってこい」と言うことはなかった。

留五郎が、勝次の娘、おとみを疎んじたからだ。

神田佐久間町の長屋を世話したのは、佐多三だ。心の底で、父母は幼い子を抱えた娘を案じていたようだったから、親代わりのつもりで、大工仲間を介して、実家から離れた神田の長屋を手配したのだという。

留五郎自身を、佐多三は別段嫌っていなかったが、卑屈な二親が思い起こされ、下谷《したや》にいた時から避けていた。留五郎がお清代の長屋を足繁く訪ねるようになって、神田からも足が遠のいた。

この夏ひどく疲れた様子のお清代が訪ねてきて、留五郎へ嫁入りすることにしたと告げられ、おとみのことを頼みたいと頭を下げられ、二つ返事で引き受けた。

勿論「おとみの為」が一番の理由だが、娘を手放した先が兄夫婦ならば、お清代も安心できるだろうと思ったところも、あったのだ。

なかなか子が出来なかった佐多三とおたつは、娘が出来ると喜んだ。

そこまで語って、佐多三はふいに何かに思い当たった顔をした。

「ま、まさか、おとみはお清代のとこへ行ったんじゃあ」

晴太郎は、佐多三に確かめた。

「おとみちゃんは、おっ母《か》さんの居場所を知ってるんですか」

佐多三が、忙《せわ》しなく首を横へ振る。

「い、いや。万が一でも後を追わねぇようにって、伝えてねぇ。でも、もしかしたら、あの婆ぁが、余計なこと吹き込んでるかもしれねぇ。長屋の連中は、留五郎さんのことを承知だ。さんざ、留五郎さんや手下の火消が、お清代を訪ねてきてるのを知ってるし、親しく話もしてたそうだから」

幸次郎が、小さく舌打ちをした。

「その婆様とは、一度、しっかり話を付けた方がいいかもしれませんね」

怖いよ、幸次郎。

晴太郎が思った時、階下《した》から、茂市の慌てた声が兄弟を呼んだ。

「坊ちゃま方、すぐに下へ、勝手へいらしてくだせぇっ」

何事か、と、佐多三と共に降りると、勝手の土間には、お早を従え、おとみの手を引いたお糸が、目を丸くして佇《たたず》んでいた。

まず、佐多三が裸足のまま土間へ駆け下り、おとみを抱きしめた。

「よかった、無事でよかった、おとみ」

涙ながらに、よかったを繰り返す伯父に抱きしめられ、おとみも、わんわんと泣いた。

「伯父ちゃん、佐多三おじちゃん」

晴太郎と幸次郎、茂市が安堵の視線を交わす中、お糸が呆気にとられた声で、呟いた。

「一体、どういうこと」


泣き疲れて眠ってしまったおとみと、おとみから離れようとしない佐多三を二階で休ませ、茂市に店を任せ、晴太郎と幸次郎、お糸は勝手に腰を落ち着けた。お早は、土間から外の様子を窺っている。

「また、お前か」

開口一番、幸次郎の冷ややかな物言いに、お糸が言い返した。

「またって、何よ。一体、なんの話」

「また、子供を引き寄せたのかって、話だ。『百瀬屋《ももせや》』からは、どんな匂いがしてるんだ」

「失礼ね。変な匂いなんか、させてないわ」

確かに、居なくなった子をお糸が見つけてくれたのは、これで三度目だ。

一度目は、おろくの上の息子、高吉《こうきち》だ。高吉は『百瀬屋』を目指し、途中で迷子になった。

そう言えば、高吉がいなくなった時、血相を変えたおろくも、佐多三と同じ様子だったっけ、と晴太郎は、小さく笑った。

さちの姿が見えなくなった時の自分も、二人と似たようなものだったろう。

あの時のさちも、お糸に会うため、『百瀬屋』へ向かった。

そして、おとみ。

本当に、『百瀬屋』、いや、お糸からは、子供が好むいい匂いでも、漂ってくるのではないだろうか。

お糸が、じろりと晴太郎を睨んだ。

「ほんとに、匂いなんかさせてないわよ、私」

しまった、また、顔色を読まれた。

晴太郎は、視線を泳がせた。

お糸が、少し笑って打ち明ける。

「私の人徳、と言いたいとこだけど、あの子は違うわ。逃げてきたおとみちゃんを、お早が助けたの。偶々出会えて、本当に良かった」

和やかだった座が、しん、と静まり返った。

幸次郎が、声を厳しくして訊ねる。

「お糸、誰から逃げて来たか、あの子から訊いているか」

お糸が、厳しい横顔のお早をちらりと見てから、告げた。

「おっ母さんですって」

「何だって」

驚いて訊き返した晴太郎に比べ、幸次郎は随分と落ち着いていた。

「なるほど。五日前からおとみちゃんが気にしていたのは、母親だったたってことか」

「幸次郎は、ひょっとして、見当がついてたのかい」

晴太郎の問いに、幸次郎は「いいえ」と応じた。

「周りを気にしながら怯えてはいなかった、と聞いて、おとみちゃんの知っている誰かだろう、とは思っていましたが。まさか母親が、一度は置き去りにした子を連れ出すとは、さすがに考え付きませんでした」

お早に懐いていたおとみは、『藍千堂』へ来る途中だったお糸とお早を見つけ、駆け寄って来たのだという。

その時の切羽詰まった様子、お早にしがみついたおとみが零《こぼ》した、か細い「助けて」という言葉に、お糸は大層肝を冷やした。

番屋へ訴えるか、岡に助けを求めるか。いずれにしろ、おとみを安心できる場所へ預けてからの方がいい。

そこで『藍千堂』へ向かうことにした。道すがら、なんとかおとみから訊き出したのが「おっ母さんから逃げてきた」という一言だけ。

子と引き離された親が、子を連れ出した話は、ごくたまに耳にする。

だがお清代は、自分で娘を置き去りにした。引き離された訳ではない。

どういうことだと、三人で顔を見合わせた時、店先で女の声がした。

「ごめんくださいまし」

へぇい、と作業場から返事をした茂市を「いいよ」と止め、晴太郎は店へ出た。

熱に浮かされたような目、手を忙しなく揉み絞る様子、藍と藍鼠《あいねず》の細かな縞の小袖は、恐らく古着ではなく、呉服屋で求めたものだろう。帯も、髪に挿した平打ちの簪《かんざし》も、上等な品。

粋な装いに、血色のいい肌、柔らかなまろみを帯びた頬と、少し乱れた髪が不釣り合いだ。

お早から聞いていた佇まいとは、随分と違う。

それでも、晴太郎は確かに思い至った。

おとみちゃんのおっ母さん、お清代さんだ。

そっと生唾を呑み込み、晴太郎は商いの笑みをようやく作った。

「いらっしゃいまし。菓子をお求めでいらっしゃいますか」

女は、何かを探すように視線を店の中に巡らせ、硬い声で訊ねた。

「あの、こちらに、娘はお邪魔していませんでしょうか」

おとみちゃんを探している。やはり、おとみちゃんがおっ母さんから逃げてきたと言ったことは、本当だった。

嫌がるおとみちゃんを、無理矢理連れ出して、神田まで来たと言うことだろうか。

上擦りそうになる声を抑え、晴太郎は訊き返した。

「娘さん、ですか」

「はい。こちらのお嬢さんと仲良くしていただいた、おとみという娘です」

さて、どう答えよう、と晴太郎が迷っていると、背中からお糸の厳しい声が飛んだ。

「貴方の娘さんがこの店に居たら、どうするつもりなんです」

お糸は、怒っていた。

女――お清代の忙しなく動き、定まらなかった視線が、お糸にひたと当てられた。

「お邪魔しているのなら、引き取らせてください」

「貴方が、置きざりにしたのに、ですか。どこへ引き取るって言うんです」

お清代の目が、危うい熱を帯びた。

「いるんですね、ここに」

呟いた声は、虚ろだ。

だしぬけに、店へ上がろうとしたお清代を、幸次郎が軽く両手を広げて止めた。

「無理矢理、入るおつもりですか。八丁堀の旦那を呼びますよ」

はっとして、二歩、後ずさったお清代が、狼狽《うろた》えたように「そんなつもりじゃ」と呟いた。

これで、落ち着いてくれるか、と晴太郎が思った矢先、今度はお清代は大声を上げた。

「どこなの、おとみ。おっ母さんだよ。いるんでしょう。迎えに来たから、一緒に帰ろうっ」

おとみ、おとみ、と叫ぶお清代は、晴太郎が宥《なだ》めても、お糸が諭《さと》しても、幸次郎が厳しく咎《とが》めても、止まらない。

これでは、とっくにおとみは起きてしまっただろう。

佐多三が降りてこないのは、おとみを宥めているからだろうか。

おとみは、母親の金切り声を、どんな思いで聞いているのだろう。

幼い足音が、階段を降りてきた。

おとみだ。

お糸とお早が止めるより早く、おとみがお清代の近くまで駆け寄った。

土間から、お清代が、おとみへ手を伸ばす。笑みが危うい歪みを孕《はら》んでいる。

「おとみ、やっぱりおっ母さんが――」

喜び勇んだお清代の言葉を、おとみの叫びが、遮った。

「火消の組頭さんのところへ、帰って。おっ母さんなんか、大っ嫌いっ」

おとみの幼い叫びが、周りの大人を一斉に凍り付かせた。

おとみを追いかけ、二階から降りてきた佐多三が、おとみをお清代から隠すように、抱き上げる。

お清代が、茫然と呟いた。

「大嫌い。おとみが、あたしのことを――」

土間に、へなへなと、お清代が崩れ落ちる。

しん、とした『藍千堂』に、おとみのしゃくり上げる声が、小さく響いていた。

お清代がおとみを連れ出したことに、佐多三は激怒した。

それまで、妹を憐れみ、気にかけていただけに、その怒りは激しかった。

とはいえ、小さな『藍千堂《みせ》』で怒鳴り散らされては困る。おとみに、伯父と母の言い争いを聞かせる訳にもいかない。

仕方なく、『伊勢屋《いせや》』の奥向きを借りることにした。店はこのまま茂市に任せ、幸次郎におとみを連れ、西の家へ戻って貰う。晴太郎は、お糸、お早と共に佐多三兄妹を連れて『伊勢屋』へ。

幸次郎は、おとみを佐菜《さな》に預けてから、『伊勢屋』へ来てくれることになっている。総左衛門《そうざえもん》に経緯を話すにしろ、佐多三を宥め、お清代の言い分を聞き出すにしろ、兄さんだけでは心許ない、と。

お糸とお早がついてくると言い張ったのも、同じ理由だ。少しは頼りがいのある主《あるじ》になったつもりだった晴太郎は、容赦のない弟と従妹《いとこ》のいい様に、少しばかり気落ちした。

とりあえず口を噤《つぐ》んでくれたものの、怒りを抑えきれない様子の佐多三と、抜け殻のようになってしまって足取りの重いお清代を伴ってようやく『伊勢屋』へ辿り着いた時には、すでに幸次郎は来ていて、総左衛門に話を通してくれているところだった。

どこから総左衛門に話そうかと頭を悩ませていた晴太郎は、頼もしい弟の顔を見て、安堵したことは、内緒だ。

総左衛門は、ちらりと晴太郎の顔を見てから——思わずほっとしたことは、多分見抜かれているだろう——奥向きの客間を使うよう、言ってくれた。

佐多三とお清代は、少し離して、向かい合わせに座って貰い、晴太郎は佐多三の横、お清代の側にはお早が控えた。

幸次郎は、相撲で言うなら行司の場に、お糸は幸次郎の横に座っている。

こんな時でなければ、仲のいい夫婦の様だと、揶揄《からか》いたいくらいだ。

『伊勢屋』は相変わらず、奥向きの奉公人は少なく、皆穏やかで静かだった。

人の気配が薄く、行き届いた掃除、品のいい設《しつら》えの奥向きは、どこかがらんとして、寂し気である。

これが、総左衛門の好みなのは分かっていた。それでも、ここにひとりで暮らしている総左衛門のことが、晴太郎はずっと気がかりでいる。

「お清代。一通り、言い分は聞いてやる」

唸るような佐多三の声に、晴太郎は物思いから引き戻された。

びくりと、お清代が大きく肩を震わせた。

佐多三にも、晴太郎達にも目を合わせず、か細い声で言う。

「おとみに、会わせて頂戴」

「会ってどうする」

「連れて帰ります」

ぎり、と佐多三が、歯を軋らせた。

「連れて帰るって、まさか、留五郎さんのとこじゃねぇだろうな」

黙ったままのお清代を、どうとったか、佐多三が声を荒らげた。

「おとみを疎んじてる人のとこへ連れてって、あの子がどういう仕打ちを受けるか、分かってるのかっ」

「違うわ」

平たい声で、お清代が言った。のろのろと上げた顔は、怒りも悲しみも、怯えも、全て消え失せてしまった様で、晴太郎は、人形のようだと感じた。

佐多三が唸る様に訊く。

「何だと」

「二人で、江戸を離れるの。京でも、大坂でも、どこだっていい」

「ちょっとの間に、随分お上品に変わりやがって。鼻持ちならねぇ物言いで勝手なことばっかり言ってるんじゃねぇ。お前《め》ぇは、一度おとみを捨てて、贅沢させてくれる男の許へ走ったんだぞ。それを今更、引き取る、それも江戸から逃げるだと」

「仕方ないじゃない。あの時は何もかも、疲れてしまってたんだから。不自由のない暮らしを、って言ってくれる留五郎さんの誘いを、おとみのせいで断るのも。それでも世話をしてくれる留五郎さんに遠慮するのも。おとみの暮らしの為に働くのだって。あたしひとりなら、もう少し楽に生きられたのに。なのに、あの子ったら、評判の菓子屋のお嬢さんなんかと友達になって。みじめな長屋暮らしを、いいとこのお嬢さんに見られるのが厭《いや》だったから、長屋には連れて来ちゃだめって、言い含めたわ。でも、置いて行く詫び代わりに、そのお嬢さんを家へ呼んで、おとみとお嬢さんに羊羹《ようかん》を御馳走したの。今までおとみの嫁入りの為に、こつこつ貯めてた銭を使って、とってもいい羊羹を買ったのよ。お嬢さんったらあんまり美味《おい》しくて驚いたのね。戸惑い顔で羊羹とあたし、おとみを見比べてた」

言葉を重ねるうちに、お清代は、早口になっていった。羊羹のくだりでは、楽しそうにさえ、見えた。

若い娘の様に煌《きら》めかせていた瞳が、ふ、と陰った。物言いも、ぽつ、ぽつ、と途切れがちなものに変わる。

「留五郎さんのとこへ行って、初めのうちは幸せだった。留五郎さんは優しくて、暮らしの心配をしなくてもいい。おとみの世話をしなくてもいい。新しい小袖を着て。綺麗な帯を締めて。菓子屋のお嬢さんが髪に挿していたものよりもいい柘植《つげ》の櫛《くし》。凝った細工の平打簪。食事の支度はしなければいけないけれど、野菜も魚も、いいものばかり。手伝いの奉公人も付いていてくれる。五日に一度は、留五郎さんと芝居見物か物見遊山。望めば、羊羹だって落雁《らくがん》だって、毎日口にできる。私は夢のような暮らしを手に入れた」

佐多三が、冷ややかに応じた。

「良かったじゃねぇか。そのためにおとみを置き去りにしたんだろう。望みが叶ったんなら、もうあの子のことは放っておいてくれ」

佐多三の言葉を遮るように、お清代が叫んだ。

「頭から離れないのよっ」

再び、熱病のような危うい目つきになって、お清代が早口でまくし立てる。

「何をしてても、あの子の顔が浮かぶの。小袖をあつらえて貰うたび、おとみだったらどんな縞、どんな柄が似合うだろうか。櫛を貰えば、おとみにも、菓子屋のお嬢さんと揃いの櫛を買ってやったら、きっと喜んだろう。勝手で野菜や魚を見る度、ああ、これはおとみが苦手な野菜、好きな魚。これはきっと食べたことがない。菓子を食べれば、別れる前に食べた羊羹より、こっちの方が美味しかった。また食べさせてやりたい。そんなことを、考えてしまうのよ。やっぱり、あたしはおとみがいないと、幸せになんかなれないんだわ」

佐多三は、先刻まで憐れんでいた妹に、更に冷ややかな言葉を投げつけた。

「お前ぇ、自分の幸せしか、考えてねぇんだな」

「そんなことないわ。おとみのことも、ちゃんと考えてるわよ」

「ことも、かよ。おとみの幸せを、ついでみてぇに言うんじゃねぇ。いいか、お前ぇが並べ立てた贅沢は、留五郎さんの懐から出てる限り、おとみに味わわせてはやれねぇことなんざ、最初《はな》から分かってるだろう。あの人は、勝次の娘を疎んじてる」

「だから、おとみを連れて、江戸を出るんじゃないの」

「それで、どうやって今のお前ぇみてぇな贅沢を、おとみにさせてやれるってんだ」

「おとみなら、私といればそれだけで幸せなのよ」

だめだ、駄々っ子よりも話が通じない。

晴太郎は頭を抱えた。

とにかく、佐多三もお清代も、頭を冷やした方がいい。

「あのですね」

落ち着かせようと口を開いた晴太郎を遮り、幸次郎がお清代に問うた。

「本当に、そうでしょうか」

きしむ音が聞こえそうなほどぎこちなく、お清代が首を巡らせ、幸次郎を見た。

この人は、何を言っているのだろう。

そんな風に、首を傾げる。

幸次郎は言葉を重ねた。

「連れ出したあなたの元から、おとみちゃんは逃げ出したんですよね」

お清代が、顔色を変えた。

「ち、違います。ちょっと目を離した隙に、逸《はぐ》れただけですっ。きっとおとみは、必死で私を探してたに決まってます」

お糸が、厳しい口調で異を唱えた。

「いいえ。私とお早が、おとみちゃんとたまたま行き合わせました。泣きながら頼まれたんですよ、『助けて』『おっ母さんから逃げてきたの』って」

お清代が、金切り声を上げた。

「嘘よ、嘘を言わないでっ」

いっそ、清々しい声と笑みで、幸次郎がお清代を追い詰めた。

「でも、お清代さんも、ちゃんと聞きましたよね。おとみちゃんの『おっ母さんなんか、大っ嫌い』」

かくん、と、お清代の身体から、力が抜けた。

弱々しい呟きが、紅を差したお清代の唇から零れる。

「あんなの、夢よ。悪い夢を見てるんだわ。だって、おとみが、あたしのことを、『大っ嫌い』だなんて――」

脇に突いた両手で身体を支え、お清代ははらはらと、涙を零した。

子供のように泣く妹を、佐多三は憐れみと冷ややかさの交じる、込み入った目で見ていた。

泣くだけ泣いて、ようやく落ち着いたお清代は、語った。

＊

留五郎は優しかったし、贅沢もさせて貰えたけれど、手下達や近所の人達の、お清代を見る目は、冷ややかだった。

——我が子を置き去りにして、嫁に来るなんて。

——あれが、娘を捨てて留五郎さんの女房に収まった女かい。

そんな陰口が聞こえるような気がして、そのたびにお清代は、耳を塞いだ。

いつも、甘えるおとみを乗せていた膝が、がらんとして妙に心許なかった。

おとみに会いたい。

気づいたら、浅草に来ていた。

初めは、遠くからおとみを見るだけのつもりだった。慣れない町で不自由はしていないか。兄夫婦には良くしてもらっているか。

それだけ確かめたら、下谷へ戻るつもりだったのだ。

けれど、寺の境内、独りぼっちで猫と遊んでいる我が子の姿を目の当たりにして、抑えが利かなくなった。

母と離れて、仲のよかった友達とも別れさせられて、何て寂しそうなのだろう。

やっぱり、あの子には、あたしがいないとだめなのだ。

兄夫婦からも、留五郎からも逃げて、そうだ、江戸から離れたどこかで、二人で暮らそう。勝次と物見遊山に出かけた時、銭を払えば関所を避ける抜け道を案内してもらえると知った。

女達は、その抜け道を通って、驚くほど気軽に遠出をしているのだと。

それなら、手形がなくても江戸から出られる。

思いついたら、それがとてもいい考えのように思えた。

だが、迎えに来たと告げたおとみは、とても悲しそうな顔をした。

手を引けばついて来たけれど、楽しい旅の話をしても、これからはずっと一緒だと話しても、悲しそうな面が晴れることはなかった。

そうして、神田に戻り、ちょっと目を離した隙に、おとみの姿が消えた。

＊

お清代が語り終え、小さな静けさの後、口を開いたのはお糸だった。

「お清代さんは、寂しくなってしまったんですね」

項垂《うなだ》れていたお清代が、顔を上げた。縋るような目でお糸を見る。

「そうなんですっ。娘と離れて、寂しかったんです」

お糸らしからぬ、甘さだ。

少し驚いて、晴太郎はお糸の目を見、ひやりとした。

怒っている。

幸次郎と同じ、怒り方だ。

穏やかな声、綺麗な笑みのまま、お糸は言う。

「その前は、つましい暮らしが辛かった。辛くて、おとみちゃんを置き去りにした。今度は、寂しさに耐えられなくなって、ご亭主を捨てた。だったら、また母子二人のつましい暮らしが辛くなったら、おとみちゃんを置き去りにして、ご亭主の元に帰るのかしら」

幸次郎が、口許に拳《こぶし》を持っていって、笑みを誤魔化している。

お糸は、いよいよ幸次郎に似てきたなあ。

晴太郎がこっそり思っていたら、なぜか、示し合わせた様な幸次郎とお糸に睨まれた。

お清代が、真っ青になって、「そんなことは」と言い返したが、その先を続けることはなかった。

再びお糸から目を逸らし、項垂れ、身体を縮めて、か細い声で詫びた。

「すみません」

「逃げて済むことなら逃げればいいと、私は思うけれど、周りを振り回すのは、感心しないわ。振り回される人にとっては、いい迷惑です」

小さな間を置いて、萎れ切ったお清代は告げた。

「留五郎さんのところへ、戻ります」

ただ、下谷へ戻る前に、おとみに会いたいとお清代が言い出した。

佐多三は憤ったものの、会うかどうかは、おとみに決めさせると言った。

そこで、晴太郎が西の家へ向かった。

おっ母さんに会いたいかい。

訊いた晴太郎に、おとみは佐菜にしがみついたまま、勢いよく首を横へ振った。

『伊勢屋』へ取って返し、そのままお清代に伝えると、今度こそ、お清代は大人しく下谷へと戻って行った。

送って行かなくて大丈夫だろうかと、晴太郎が案じる程、お清代は憔悴しきっていた。

お糸に言わせれば、「心配ないわ。足取りはしっかりしてたもの」ということらしいが。

西の家へ佐多三を連れ、皆で向かうと、おとみが転がり出てきて、佐多三にしがみついた。

佐多三が、節くれだった手で、おとみの背中を、ぽんぽん、と叩く。

もうすっかり、父娘みたいじゃないか。

温かな眺めに、晴太郎は、ほっとして微笑んだ。

しゃくりあげて泣くおとみに、佐多三がそっと訊いた。

「本当は、おっ母さんと行きたかったんじゃねぇのか」

ぎゅ、とおとみの小さな手が、佐多三の着物の胸当たりを握った。

「行かない。会わない」

「どうして」

「おっ母さん、綺麗な着物着てた。紅引いて、いい匂いがした。火消の組頭さんのお蔭なんでしょ。あたしといたら、火消の組頭さんのとこへ、おっ母さんは戻れないんでしょ」

「おとみ、お前ぇ、おっ母さんの為に、おっ母さんから逃げてきたのか。おっ母さんの為に、大っ嫌いだの、会いたくねぇだの、嘘ついたのか」

うえぇん。

こらえきれなかった、大きな泣き声が、おとみの答えだろう。

晴太郎は、唇を噛んで堪えた。

哀しいのか、腹立たしいのか、自分でも分からない。

佐多三が、おとみに訊ねる。

「おっ母さんと暮らしたいんなら、今からでも伯父さんが、話してやるぞ」

おとみは、しばらく何も言わなかったが、しゃくりあげが随分間遠になった頃、ようやく小さな声で、訊いた。

「伯父さんと伯母さんは、本当に、ずっと一緒にいてくれるんでしょ。おっ母さんみたいに、あたしを置いていったりしない、よね」

佐多三が、堪らず、と言った風で、おとみを胸に仕舞い込んだ。

「当たり前ぇだ。おいらが伯父さんだろうが、お父っつあんだろうが、おとみはうちの子だ。大《で》ぇ事な、大ぇ事な、おとみだ。おいらもおたつも、おとみと一緒に暮らして毎日が楽しい。置いてったり、どこかへやったり、するもんか」

短い間を置いて、おとみは呟いた。

「そっか」

「おお。ずっと一緒だ。嫁にだってやらねぇぞ」

「お嫁には行きたい」

「お、おお」

ふ、と佐多三が楽し気に笑った。

「それじゃあ、庭に桐の木を植えるか。おっきく育てて、おとみの嫁入り道具にするんだ。箪笥《たんす》になるほどおっきくなるまで、嫁に行くんじゃねぇぞ」

「でも、今の家のお庭は、もう他の木や花でいっぱい。切ったり抜いたりするのは可哀想」

「ああ、今の家は狭《せめ》ぇからなぁ。実は、おとみを驚かそうと思って黙ってたんだが、近いうちに家移りすることになったんだ。弟子が住む部屋も要るし、おとみが友達を呼んで遊ぶ広い庭も要るだろう」

弾かれたように、おとみがもがいて、佐多三の腕の中から抜け出した。

「浅草から引っ越すの。おさっちゃんに会えなくなるような、もっと遠くへ行っちゃうの」

再び目を潤ませたおとみを、佐多三が宥める。

「引っ越す先は、神田だよ」

おとみが、目を丸くした。吃驚《びっくり》して涙も引っ込んだようだ。

佐多三は、悪戯《いたずら》が上手くいった子供のような、得意げな顔をして続けた。

「川向こうの須田町《すだちょう》ってとこになるから、前よりちょいと遠くなるが、こちらのお嬢さんと、毎日遊べるぞ。家に遊びにだって、来てもらえる」

がばり、と、おとみが佐多三の首に手を回し、抱きついた。

「そっか」

くぐもった呟きが、おとみから零れた。

「おお」

「おさっちゃんと、うちで遊べるんだ」

「そうだ」

「庭には、桐の木を植えるんだ」

「綺麗な、薄紫の花が咲くぞ」

「伯父さん、大好き」

「おぅ、ありがとよ」

「ねぇ、伯父さん」

「何だ」

「家に、帰ろう。おたつ伯母さんが待ってる。伯母さんの美味しいご飯が、食べたい」

驚いたような間の後、「そうだな。帰ろう」と応じた声は、湿っていた。

おとみの騒動から三日経った梅雨の晴れ間、大柄な男が、すらりとした色男を連れ、『藍千堂』へやって来た。

三十半ばといったところであろう、大柄な男は、藍の地に隅入角違《すみいりかくちがい》つなぎ――角《かど》のへこんだ菱形を横に繋いだ文様――を白く染め抜いた小袖姿。

大柄な男の斜め後ろに控えている色男は恐らく三十の二つ三つ手前、大柄の男と揃いの藍地に、天狗《てんぐ》の羽団扇《はうちわ》を簡素に一筆で象《かたど》った模様を大きく背中にひとつ、これも白く染め抜いた小袖を纏っている。

どちらも大層派手だが、粋な装いだ。

おっとりした晴太郎でも、江戸で大人気の町火消が纏《まと》う半纏《はんてん》や、纏《まとい》の形くらい知っている。何しろ、全ての町火消のそういった印《しるし》を集めた冊子が、よく売れるくらいで、菓子屋の主としては、世の流行りくらいは摑んでおかねばならない。

隅入角違つなぎは、町火消「ぬ」組、組頭半纏の柄、天狗の羽団扇は、「ぬ」組の纏の形だ。

大柄な男は肩幅も胸板も厚く、一見穏やかな顔立ちだが、眼光は鋭い。

色男の左腕は、手の甲から袖の中まで、痛々しい火傷の痕が伸びている。

「いらっしゃいまし」

愛想よく声を掛けながら、大柄な男をさりげなく見遣る。

この男《ひと》が、留五郎さん。

留五郎は、静かに店の中を見回してから、口を開いた。

「誂《あつら》え菓子を、頼みたいのですが」

「畏《かしこ》まりました。茶会の菓子でございますか」

「いや」

「では、おもてなしにお使いでしょうか。それともどなたかのお祝いでいらっしゃいますか」

「ああ、いや、その」

ばつが悪そうに口ごもってから、留五郎が居住まいを正す。

「あっしは町火消、十番組のうち下谷界隈《かいわい》を預かりやす『ぬ』組組頭、留五郎と申しやす」

すらりとした色男が、続く。

「あっしは、同じく『ぬ』組纏持《まといも》ち、甚左《じんざ》と申しやす」

組頭は文字通り、組を束ねる頭領だ。纏持ちは、火消しの元となる場の印として、高所で纏を振る役で町火消の花形、組頭に次ぐ地位を預かる。

その二人に、折り目正しく名乗られ、晴太郎も「『藍千堂』主の、晴太郎でございます」と受けた。

留五郎が、土間から深々と頭を下げた。

「先だっては、あっしの女房がこちらさんにご厄介をおかけしやした。面目次第もごぜえやせん」

「あっしの女房」のくだりが、妙に誇らしげだな、と思ったのは、ちょっと意地が悪かったかもしれない。

そんなことを思いつつ、晴太郎は留五郎達に声を掛けた。

「店先では落ち着かないでしょうから、どうぞお上がりください。程なく、商いを任せている弟も戻って来ると思いますので」

きっと、誂え菓子の注文は、只の口実で、本当は晴太郎達に話があるのだろう。

さっきの言葉通り、お清代の騒動に対する詫びだろうか。

それとも釘でも刺すつもりか。例えば、おとみを、二度とお清代に近づけるな、とか。

だとしたら、町火消二人に、晴太郎ひとりが脅されるのは、御免蒙《こうむ》りたい。

町人に大人気の一方、喧嘩っ早く、火事場で鉢合わせした違う組ともよく諍いになる、というのも知られた話だ。

ただの菓子職人、小さな店の主には、いささか荷が重すぎる客だ。

ここは是非とも、幸次郎の助けが欲しい。

いずれにしても、店先でできる話ではないだろう。

二人を二階の客間に通して、茶と金鍔《きんつば》を出した。

「こいつは美味《うま》い」と、感じ入った様に呟いた留五郎と、口許を嬉し気に綻《ほころ》ばせている甚左を見て、晴太郎は一転、気を良くした。

幸次郎がいたら、菓子を褒められたくらいで気を許すなと、叱られているところだ。

じっくりと味わうようにして、火消二人が金鍔を平らげたところで、幸次郎が戻って来た。

二人が件《くだん》の組頭、留五郎と、その下で働く纏持ちと知っても、顔色ひとつ変えず落ち着き払っているのは、さすが弟だ。

幸次郎が、ずばりと切り出す。

「本日は、どういったご用向きでしょう。失礼ながら、主の話を聞く限り、誂え菓子のご注文はただの口実で、本当のご用は他におあり、としか思えないのですが」

甚左が、鋭い視線を幸次郎に投げかけたが、黙ったままだ。

軽い溜息をひとつ、留五郎が口を開いた。

「幸次郎さんのおっしゃる通りでさ。まずは、女房が御厄介を掛けたことを、詫びに参りやした。本当に申し訳ねぇことを致しやした」

とんでもない、と晴太郎が言うのは、なんとなく違う気がした。

辛く哀しい想いをしたのは、置き去りにされたおとみだし、振り回されたのは佐多三とおたつの夫婦だ。

元はと言えば、生《な》さぬ仲とはいえ、貴方がおとみちゃんを嫌ったことから始まったんじゃあないんですか。

晴太郎は、出かかった言葉を、すんでのところで呑み込んだ。

晴太郎が何も言わないのをどうとったか、ほろ苦い笑みで留五郎が続けた。

「まずは、佐多三さんに詫びをと思ったんでごぜぇやすが、こちらから伺うのも、憚られやして、文を出しました。案の定、決して訪ねてはくれるなってぇ、返事がきましてねぇ」

佐多三は元々、親方大工になって弟子をとることにしてから、手狭になった住まいを移るつもりでいた。

そこへ来て、引き取ったおとみが友達のさちと別れることを寂しがった。どうせなら、と『藍千堂』のある相生町《あいおいちょう》から神田川を挟んだすぐ南、須田町に新たな住まいを見つけた、という訳だ。一刻も早く神田に戻り、おとみを元気にしてやりたいと、既に家移りの支度で大わらわだと聞いている。

家移りを急ぐ理由《わけ》は、もうひとつ。

二度とせんだってのようなことが起きないよう、お清代が勝手におとみを連れ出せないように、住まいを移してしまいたかった。

だから、佐多三の二親にも、勿論、留五郎やお清代にも、家移り先を知らせていない。

詫びなぞ、直《じか》に受け取ろうとは決してしないだろう。

幸次郎が、淡々と応じる。

「それが、いいでしょうね。何よりもおとみちゃんのことを考えてあげないと。ようやく明るくなってきたところなのに、留五郎さんの顔を見れば、母恋しさや、哀しさ辛さがぶり返すでしょう。母親を奪った大人への恨めしさなぞ植え付けてしまったら、あの子の行く末にも関わる」

甚左が、腰を浮かせた。

「お前ぇさん、こっちが黙って聞いてりゃあ――」

「よせ、甚左」

「ですが、御頭」

「俺は、詫びに来たんだぜ。こちらさんに頼み事もある」

甚左が、悔し気に、ぐ、と息を呑んだ。

少しの間を置き、甚左は晴太郎達に向かって、深々と頭を下げた。

「喧嘩腰になっちまって、申し訳ねぇ」

頭を上げた目には、未だ憤りが滲んでいたが、静かな声で続けた。

「折り入って、聞いて頂きてぇことが、ありやす」

留五郎が、甚左を止めた。

「止《や》めろ」

「いいえ、これぱっかりは御頭の言いつけを聞くわけにゃあいかねぇ。御頭、あっしはこれ以上、御頭の評判が落ちるのを、黙って見てられねぇ。佐多三さん夫婦にも、こちらさんにも、『本当の御内儀さん』を知って頂きやす。そのために、あっしは無理を言ってついて来たんです」

「甚左」

纏持ちを窘めるように留五郎が呼んだが、甚左はさらに続けた。

「『ぬ』組は、小せぇとはいえ、いや、小せぇからこそ、御頭の評判を落として他の組になめられるような隙を与えちゃあ、いけやせん。火事場の取り回しに関わりやす」

今度は、留五郎が言葉に詰まる番だった。

幸次郎が、軽く目を伏せてから、しっかりと留五郎達を見て、告げた。

「先だってのことで、一番深い傷を負ったのは、おとみちゃんでしょう。手前共は、まあ、巻き込まれただけ、と言えばそれまでです。けれど、おとみちゃんと仲良くしていた姪は、ずっと家に遊びに呼んで貰えなかったことで、友達の母親に嫌われているのかもしれないと、密かに心を痛めていました。お清代さんご自身から、自分の言いつけだったと聞きましたよ。更に、友達が母親に置いて行かれ、挙句、急に遠くへ行ってしまうと知り、心配もしましたし、泣きもしました。お清代さんに関して、本当のこととやらがあるのでしたら、聞かせて頂きたいですね」

甚左は、望むところだ、という顔で頷いた。軽く捲った右の袖から、鮮やかな赤い花の刺青が、ちらりと覗いた。

留五郎が、細く長い息を吐き出し、重そうに口を開いた。

「幸次郎さんのおっしゃる通り、そちらさんには、ちゃんとお話しして然るべきでしょう。あっしと女房の恥を晒すようで、面目ねぇが」

うん、と自らに頷き、留五郎は、腹を決めた顔で淡々と話し始めた。

「あっしが、昔からお清代に惚れてたってのも、あっしが勝次と折り合いが悪かったってのも、本当のことでさ」

＊

お清代は初め、留五郎の恋心には、恐らく気づいていなかっただろうと思う。

ただ、勝次は気づいた。ほかならぬ惚れた女のことだ。お清代を見つめる他の男の視線を目敏く見つけた。

何かと張り合ってくる勝次に、留五郎は取り合わなかったし、お清代が勝次と所帯を持つのなら、それでいいとも思っていた。

血の気の多い町火消を束ねる組頭の女房は、気苦労が多い。勝次の女房になる方が、幸せだろう、と。

留五郎の恋心が噂になり始めたのは、お清代が勝次と「好い仲」になってすぐのころからだ。

勝次が嫌がらせに、そういう噂を広めていた。

留五郎が横恋慕をしている。お清代を勝次に取られた腹いせに、勝次に厳しく当たっているのだ、と。

甚左や他の手下は、勝次を組から追い出せ、少し痛い目を見た方がいいと、いきり立ったが、留五郎が止めた。

お清代は、留五郎に気を遣った実家の二親から、勘当同然の扱いを受けている。

勝次を咎めたり、追い出したりしては、更に肩身の狭い思いをするだろう。

勝次があっけなくあの世へ行った時、留五郎は喜んだ。喜んだ自分に、吐き気がした。

こんな男が亭主では、お清代は幸せになれない。勝次も浮かばれない。

留五郎は、消えぬお清代への恋心を、更に胸の奥へ押し込めた。

ただ組頭として、勝次の子を抱えたお清代が路頭に迷うことのないよう、暮らしの助けだけはしよう、と。

勝次を喪《な》くし、母娘が逃げるように神田佐久間町へ越して間もなく、お清代の様子がおかしくなった。気持ちの浮き沈みが激しく、やけに心配性になったりもした。一度思い込むと、他人の忠告も叱責も耳に入らなくなった。何より留五郎が気になったのが、まだ小さなおとみへの、度を越した執着だ。

最初《はじめ》は、亭主を喪くしたばかりで心細いからだろう、狼狽えもするだろうと、軽く考えていた。おとみへの執着も、その気持ちは分かる。未だ二親、兄と疎遠のままのお清代にとって、娘はたったひとりの身内も同じだ。

悲しみが癒えれば、元のお清代に戻る、と。

一年もすると、気持ちの浮き沈みは粗方落ち着いた様に見えたが、時折思い込みが激しくなることと、おとみへの過度な執着は、変わることがなかった。

厭な虫の報《しら》せがどうにも消えず、留五郎は「暮らし向きの助け」を口実に、足繁くお清代の元へ通った。

佐久間町の長屋に住んで半年ほど経った頃、ことは起きた。

丁度、留五郎がお清代の長屋を訪ねた時だ。

腰高障子に手を掛け、声を掛けようとした時、部屋の中からお清代の囁きが聞こえて来た。

昏く、平坦な呟きは、小さいけれどはっきりと留五郎の耳に届いた。

――おとみ、お前さえいなければ、あたしは留五郎さんの女房になれるのに。お前さえ、いなければ。

惚れた女の台詞に、心は躍るよりもざわついた。

「お清代さん、入るぜ」

声を掛けながら腰高障子を引き開ける。

おとみは午睡《ひるね》中、布団の上ですやすやと眠っている。

ほんの刹那、目にしたのみだ。

けれど、その弱々しい首に、お清代が両手を掛けようとしていた。

留五郎に気づいた途端、お清代は、さっと手を引いた。そうして、何事もなかったように、にっこりと笑って言ったのだ。

「留五郎さん、いらっしゃい。ごめんなさいね、おとみがようやく眠ったとこなの」

今、何をしていた。

留五郎は、訊けなかった。

見られたかもしれない不安も、気まずさも見せず、瞬く間にお清代が、いつもの様子に戻って、少し構いすぎではないかというくらい、おとみを大切に扱ったから。

おとみも安心した様に眠ったままだ。不穏な気配はない。

きっと、あれは見間違いだったのだ。

それでも虫の報せは消えなかったから、留五郎は足繁くお清代の長屋へ通った。

手が離せない時は、手下を向かわせた。

長屋で一目置かれている老婆に、さりげなく、お清代とおとみの様子を気遣い、構ってやってくれと、銭を摑ませて頼んだ。

そうして見えてきたのは、ごくたまに、ふいに湧く瘧《おこり》のように、お清代がおとみに害を為そうとすること。

そういう時は決まって、熱に浮かされたように、お清代は口走るのだ。

おとみさえいなければ、自分は留五郎に嫁げるのに、と。

留五郎は、一度も「おとみが邪魔だ」なぞと言ったことはない。そもそも、お清代を女房にするつもりもない。なのに、どうしてお清代は、そんな風に思ったのか。

頭を抱えた留五郎に、経緯をすべて承知の甚左が水を向けた。

いっそ、お清代を本当に嫁に迎えたらどうか、と。

「正直なとこ、面倒な親子なんざ、さっさと見捨てて頂きてぇとこなんですがね。御頭はそんなことが出来る性分じゃねぇ。どこがいいのか分からねぇが、お清代さんに惚れこんでることも承知でさ。だったら、お清代さんも満更じゃねぇみてぇだし、手元に置いて見張った方が、手間がねぇ」

口の悪い、留五郎の右腕にして「ぬ組」の纏持ちは、にっこり笑って続けた。

「何、心配はいりやせんよ。『組頭の女房』の務めは、これまで通り、あっしが引き受けやす。お清代さんは、ただ御頭の側にいてくれりゃそれでようごぜぇやす」

甚左のお清代に対する物言いに、腹は立たなかった。

見た目に似合わぬ子供好きの甚左は、おとみを本気で案じている。

また、「ぬ組」の纏持ちとしては至極真っ当なことを言っているのだ。

離れた場所で暮らすお清代母娘にかまけていて、すわ、火が出た、という時、出遅れては取り返しがつかない。

お清代を思い切れないのなら、いっそ側に置いてしまえ、と言いたくもなるだろう。

留五郎は、甚左と、「おとみを守るため」という有難い大義名分に背中を押された格好で、お清代に「嫁に来て欲しい」と、告げた。

ところが、お清代はおとみと離れられないから、だめだと言って聞かない。

一方で、出し抜けにおとみを害そうとすることも止めない。

ここへ来て、ようやく思い至った。

お清代は心を病んでいる。

そう思ってお清代を見守ると、はっきりと視えてくるものがあった。

お清代の執着は、おとみと「留五郎に嫁ぐ」こと、この二つの間で揺れている。この二つが相容れないと、お清代は思い込んでいる。その揺れが堪えきれない程大きくなった時、お清代の癇癪は、おとみに向かう。

このまま、お清代におとみを任せていると、おとみの身が危うい。

どれほど、二人一緒に留五郎が面倒を見ると告げても、お清代は信じない。

可哀想だが、引き離すしか手はない。

そこで留五郎は、一計を案じた。

お清代の思い込みを逆手にとることにしたのだ。

手下の噂話を装い、お清代が思い込んでいる通りの与太を流す。

曰く、

『留五郎は、疎んじていた勝次の娘のおとみを嫌っている。お清代に、おとみを手放すのなら嫁に貰ってやる、と迫っている』

と。

そうして、お清代の気持ちが定まるのを待った。

＊

留五郎は、溜息交じりで打ち明けた。

「いつでも、おとみを養女へ出せるよう、手は回してました。ただ、なかなかお清代がおとみを手放す気になりやせんでね。こんなに時が掛かっちまった。実の伯父さんに引き取られるんなら、何よりだ」

晴太郎は、唇を噛んだ。

そうだったのか、と思う一方で、何かが引っかかった。

ここですっきり得心してしまって、いいのだろうか。

思案に沈んだ晴太郎を、幸次郎の淡々とした声が現実《うつつ》に引き戻した。

「さて、これは一体、どちらの話を信じるべきでしょうね」

留五郎は穏やかな面のままだが、甚左が目つきを鋭くした。

落ち着き払った幸次郎が、続ける。

「それは、そうでしょう。手前共の知り合いが集めてきた噂話と佐多三さん、お清代さんから伺った話は、辻褄《つじつま》が合っている。片や、留五郎さんの話も、筋は通っている。ですが、聞きようによっては、どちらも御自分の都合のいい話をしているようにも、とれますので」

幸次郎の言うことは、もっともだ。

だが、どちらが真実を話しているのか。そんなことではなく、もっと大切なことを、自分達は忘れている気がする。

留五郎が、ほろ苦く笑って「おっしゃる通りでさ」と、幸次郎に応じた。

甚左も、渋々ながら頷いた。

幸次郎が、留五郎に水を向ける。

「先ほど、頼み事があると、おっしゃいましたね」

殊勝な面持ちで、留五郎が「へぇ」と頷く。

「おとみに、いえ、おとみちゃんに一言詫びを伝えさせちゃあ頂けやせんか。『おっ母さんは、おとみちゃんのことを、確かに慈しんでた』と。会うのが無理なら、せめて文を渡して貰いてぇ」

はっとした。

引っかかっていた何かが、ようやく見えた気がした。

「お断りします」

ひとりでに、断りの返事が口からこぼれ出た。随分、強い物言いになってしまった。

幸次郎と留五郎、甚左、一様に目を丸くして晴太郎を見る。

分かっている。本当なら、佐多三さん夫婦に決めて貰うことだ。赤の他人の晴太郎が口を出すことではない。

けれど、おとみの心を思うと、どうにも辛抱が利かなかった。

腹が立った訳でもない。哀しいわけでもない。ただ、胸が痛かった。

おとみの、あの時の叫びが、耳から離れない。

晴太郎は、二つ、大きく息をして心を落ち着かせ、まず、幸次郎に語り掛けた。

「ねぇ、幸次郎。どれが本当の話なのか。それは、俺達大人が得心するために、はっきりさせたいことだよね」

幸次郎が、小さく息を呑んだ。

次に晴太郎は、留五郎に向かった。

「留五郎さん。おとみちゃんに詫びたいとおっしゃるのは、このまま有耶無耶《うやむや》にしては、留五郎さんの気が済まないから、ではありませんか」

顔色を変えたところをみると、やはり図星か。

晴太郎は、告げた。

「これじゃあ、またおとみちゃんは、置き去りだ」

重い静けさが、座を占めた。

晴太郎は、続ける。

「どの話が真実《ほんとう》でも、おとみちゃんがおっ母さんに置き去りにされたことは、変わりありません。留五郎さんは、おとみちゃんの為を思ってしたのだとしても、お清代さんにおとみちゃんを置き去りにさせたことに、変わりはありません。今度は、大人の勝手な都合で、おとみちゃんの心を置き去りに、勝手にけりを付けようとしてる。それじゃあ、あんまりおとみちゃんが、可哀想だ」

　幸次郎が、戸惑いがちに口を挟んだ。

「兄さん、さすがにそれは」

「言い過ぎだと、思うかい」

　晴太郎は幸次郎の言葉に被せて、訊き返した。

　弟は、じ、と晴太郎を見つめてから、頭を下げた。

「いいえ。兄さんの言う通りです。すみませんでした」

　留五郎は、まだ得心していないようだ。奥歯を噛み締める鈍い音が、晴太郎にも聞こえた。

「留五郎さん。おとみちゃんが、お清代さんに『大っ嫌い』と言ったこと、聞いていますか」

　留五郎が、眼を瞠《みは》る。

「い、いや」

「お清代さんがうちの店へ、おとみちゃんを迎えにきた時です。おとみちゃんは、言いました。『火消の組頭さんのところへ、帰って。おっ母さんなんか、大っ嫌いっ』と。その後で聞いた本当の胸の裡は、こうです。お清代さんが、綺麗な着物を着て、紅を引いて、いい匂いがしてるのは、留五郎さんのお蔭だ。自分といたら、お清代さんは留五郎さんと、一緒に居られない。自分は、お清代さんの幸せのためにはならない」

留五郎は、茫然としている。

「あの子が、そんなことを」

晴太郎は、訴えた。

「本音は、おっ母さんが恋しいでしょう。一緒にいたい筈です。でも、おっ母さんの為に諦めた。きっと今は、佐多三さん夫婦に、必死でしがみついているんだ。だからどうか、そっとしておいてあげてください。泣き虫だというおとみちゃんが、やっと、佐多三さんの前で泣けるようになってきたとこなんです。留五郎さんの申し訳なさは、どうかその胸ひとつに収めたままで。おとみちゃんがおっ母さんのためにした辛抱を、無駄にしないでください。自分が離れたから、おっ母さんは幸せでいられるんだと、思わせてやってください。この通りです」

少し長い間を置いて、留五郎が掠《かす》れた声で、呟いた。

「あっしに、悪者のままでいろ、とおっしゃる」

「はい」

無茶は百も承知だ。相手は町火消の組頭、面目も矜持もあるだろう。

万が一ここで暴れられたら、喧嘩慣れしている火消しに、敵う訳もない。店はめちゃくちゃにされるだろう。

今更ながら、背中を冷たい汗が伝った。

ふ、と自嘲の笑みを、留五郎は零した。

「こんな恨み言を吐いちまうってぇことは、やっぱりあっしは、手前《てめ》ぇの為に、詫びを入れたかったんでしょうねぇ」

甚左が気遣うように、「御頭」と、留五郎を呼んだ。

ふいに、留五郎の背筋が、す、と伸びた。

「お清代は、当分草津へ湯治にやる手筈になってやす。少し落ち着いたら、江戸であっしがしっかり付き合って、元のお清代に戻しやす。元に戻っても、二度と佐多三さんやおとみちゃん、こちらさんにも近づけねぇとお約束しやす。それはあっしも、同じこって。今日を仕舞いに、皆さんの前にこの面ぁ見せることは、ありやせん」

甚左も、留五郎にならって、深々と頭を下げた。

ひょっとして、分かって貰えた。

半ば信じられない思いで、晴太郎が留五郎を見ていると、留五郎と甚左はさっと腰を上げた。

「では、あっしらはこれで」

「待ってください」

思わず、呼び止めた自分に、晴太郎自身が驚いた。

目顔で「何か」と問う留五郎に、晴太郎は夢中でまくし立てた。

「菓子を。そう、うちの菓子を、お清代さんにお持ちください」

「ですが――」

「元々、誂え菓子のご注文にいらしたのでしょう」

「そりゃあ、その」

分かっている。咄嗟に出た口実だ。それでも晴太郎は留五郎を引き止めた。

きっとこれが、実の母娘の今生《こんじょう》の別れになる。互いが顔を合わせていなくても、別れの区切りは、付けてやりたい。

必死で新しい暮らしを受け入れようとしているおとみは、そっとしておいてやりたい。けれど、せめてお清代に心の区切りを。

晴太郎は、笑って立ち上がった。

「暫く、時をください。江戸を離れるお清代さんの餞《はなむけ》に。遅まきながら、留五郎さんと所帯を持ったお祝いに、心を込めて作らせて頂きます」

二階から降りて作業場へ入った晴太郎の顔を見て、茂市は察してくれたらしい。

「何を、ご用意いたしやすか」

と、楽し気に訊いて来た。

「そうだね。白餡を染めて、少し細かな細工をしたいな」

「それじゃあ、取り回しが効くつなぎを混ぜた方が、よろしゅうございやすね」

「うん。下谷まで持って帰って貰うから、時もかかるし」

「つなぎは、どうしやしょう」

「ちょっと手間だけど、つくね芋にしようか」

細かな花や葉を餡で象るには、白大角豆《ささげ》を炊いてつくる白餡だけでは乾きやすく、難しい。

だから、つなぎを混ぜる。

『藍千堂』では、その時によって、葛や米粉、求肥《ぎゅうひ》などを使い分けている。

今回は、蒸して裏漉《うらご》ししたつくね芋を選んだ。

粘りが出て細工がし易く、仕上がりも滑らかになるのだ。なんとなく、「静かな菓子」が出来るような気もする。

茂市が丁寧に仕込んでいてくれた白餡は、出来立てでまだ十分に熱い。白餡が熱いうちに混ぜ、幾度か裏漉しを繰り返すと、口どけがよくなる。

こうして作った種を、白のままと青紫に染めたものに分ける。染めたものを丸めて芯に、白の種を薄く延ばして芯の玉を包んで、細工をすれば、いい塩梅で、白い種から青紫が透けて見える、という訳だ。

「ちょっと、思いついたことがあってね」

言いながら、晴太郎は、出来上がっていた青い金平糖《こんぺいとう》を、三つほどに粗く砕いた。

茂市が、面食らった様子で晴太郎を止める。

「ぼ、ぼっちゃま」

気は確かですか、とでも続きそうだ。苦労して、ようやくいい出来になってきた金平糖だから、無理もない。

「こいつを芯玉に混ぜると、歯触りが楽しそうだろう」

うきうきと告げると、眉尻をへにょりと下げた茂市が、ぼやく。

「でしたら、粗めの氷研《こおりおろし》がございやすのに、勿体ねぇ」

氷研とは、氷砂糖を細かくしたものだ。

「金平糖の方が、歯触りが軽いからね。それに、まだ使いどころがあるんだよ。まあ、見ててくれ」

言いながら、青紫の種に金平糖の欠片《かけら》を交ぜて丸くし、白い種で包む。ころんとした雫《しずく》形に整えると、下地は出来上がりだ。

これに、「菊の花」のように、先を細く丸くした竹べらを、幾重にもぐるりと押し付けていく。

細長く小さな雫は、「菊の花」ならば花びらだけれど、この菓子なら、釣り鐘型の花、ひとつひとつだ。

仕上げに、硬い蕾に見立て、砕いた青い金平糖を散らせば出来上がりだ。角が丸みを帯び、柔らかな艶《つや》を持つ金平糖だからこそ出る味で、色もなく、角が尖った氷砂糖の欠片では、蕾に見えない。

かと言って、金平糖を丸ごと使うと蕾には見えないし、金平糖の歯触りが勝ってしまう。一粒を、三つ、四つに砕くくらいが、丁度いい。

茂市が唸った。

「なるほど、こいつはいい」

言いながら、早速、金平糖を交ぜた青紫の種を丸め始めている辺り、茂市も骨の髄まで菓子職人だ。

「だろう」

つい、鼻息が荒くなった晴太郎に、茂市は苦笑いを零して言い返した。

「けど、坊ちゃま。やっぱり、金平糖を砕いちまうのは、勿体ねぇ」

この春に作った薯蕷饅頭《じょうよまんじゅう》の菓子『梅重《うめがさ》ね』の杉箱に詰めた、青紫の菓子を、留五郎は息をするのも忘れたように見つめていた。

ようやく、吐息交じりに晴太郎へ訊ねる。

「あっしは、あまいもんにも花にも不案内《ふあんない》で面目ねぇが、これは、桐の花でごぜぇやすか」

よかった、分かってくれた。

晴太郎は嬉しくなって、大きく頷いた。

「この、上に散ってる青いのは、何ですかい」

「金平糖を砕いたものです」

晴太郎の答えに、幸次郎の目付きが鋭くなった。

幸次郎なら、一目見て分かるはずなのに、なぜそこで怒るのだろう。

餡で出来た「桐の花」を見つめたまま、留五郎は訊いた。

「『桐の花』は、どういった訳で」

晴太郎は、軽く笑って答えた。

「佐多三さんが、庭に桐の木を植えるそうです。おとみちゃんの嫁入り道具にすると、おっしゃってました。もう何年かして桐の木が育てば、おとみちゃんはこの季節、桐の花を眺めて過ごすでしょう。遊びに伺ったうちの娘も、目にするかもしれません。そうして、きっと、嫁入りの時には、皆さんで、この青紫の花を惜しみながら、嫁入り道具に仕立てるのでしょう。そんな景色の欠片として、味わって頂けたら」

留五郎は、ゆっくりと「桐の花」の蓋を閉めた。

大切なものを扱うような、丁寧な手つきに込められた気遣いが、晴太郎は嬉しかった。

「必ず。必ず、お清代に渡します」

噛み締めるように告げた留五郎へ、晴太郎は笑って言った。

「是非、お二人で召し上がって下さい。お二人の祝い菓子でもあるんですから」


留五郎と甚左を見送った後、佐多三一家のところへも、少し早いが神田への家移りの祝いとして、金平糖で飾った「桐の花」を届けた。

謂《いわ》れを話すと、佐多三には「おとみが嫁に行く時のことを思い浮かべちまった」と、泣かれてしまった。

おたつは、菓子よりも、べそべそと涙にくれる佐多三に呆れ、窘めることに気がいっているようで、おとみは、菓子そのものよりも、砕いた金平糖が気になったようだ。

晴太郎自身は「面白い」と思ったが、もしかしたら、口どけのいい餡に交じる金平糖が邪魔に思う向きもあるかもしれない。

傍から見た出来栄えを確かめたくて、身内にも味見をしてもらった。

幸次郎には、折角いい出来栄えだった金平糖なのに、もったいない使い方をするなと、叱られた。

佐菜も、「とても綺麗ですけれど、ちょっと金平糖が可哀想に思えてしまいます」と、溜息を吐いた。

お糸には、「従兄《にい》さんが、時々無駄に思い切りよくなるのは知ってたけど、これはやり過ぎよ。あれだけ苦労して作ってた金平糖を砕いちゃうなんて」と呆れられた。

お糸の側で、お早が腹を抱えて笑っていたのは、見なかったことにした。この頃どうにも、お早が茂市の「笑い上戸」のお株を奪っているような気がする。

そんなこんなで、思ったよりも、評判が思わしくなく、気落ちした晴太郎だったが、さちは、とても喜んだ。

「とと様。とってもきれいね。時々、こんぺいとうのかけらが、口の中でこりってするのも、たのしい」

晴太郎が狙った通りの褒め言葉が返ってきた。

さすが、我が娘である。

もうひとり、「よくできている」と言ってくれたのは、総左衛門だった。

先代清《せい》右《え》衛門《もん》――晴太郎の父も、時々、周りがぎょっとするような、思い切ったことをしていた。お前はよく似ていると、目を細めて言われ、くすぐったい気分になった。

一番怒った幸次郎も、「金平糖に合わせた季節だけなら」と、贔屓《ひいき》先に見せる菓子帳に載せようと言ってくれた。

あらかじめ、みてくれの悪い金平糖を避《よ》けておくこと、と念押しされたが。

そろそろ、梅雨も明けるだろうか。

佐多三一家が神田へ越して来るのも、間もなくだ。さちが、またおとみと遊べるようになる。一家ぐるみの付き合いが出来たら、嬉しい。

浮き立つ心のまま、思いつきで幸次郎に「夏に、温かい四文菓子を売ってみるのはどうだろう」と持ち掛けたら、珍しく乗ってきた。

なんだか、いいことが起りそうな気がする。

鈍色《にびいろ》の雲が切れて澄んだ青が覗く夏空を見上げ、晴太郎は微笑んだ。

三話

総領娘と「あまから餅」

ずっと変だと、思ってた。

さちには、長い間「お父《と》っつあん」がいなかった。

花火や桜を「お父っつあん」に肩車をしてもらって、眺めている子供たちを見た時は、少し羨ましいと思ったけれど、寂しくはなかった。

さちには、おっ母《か》さんがいてくれたから。

おっ母さんは、ずっと何かを怖がっていた。

小さい頃は、お化けか、大きい犬だろうか、なんて不思議に思っていた。

さちは、お化けも大きい犬も、怖くなかったから。

ときどき、おっ母さんは、「かくれんぼ」をして遊んでくれた。

「かくれんぼだから、鬼に見つかってはだめなの」と、笑ってさちに言うけれど、そんな時のおっ母さんは、決まってさちをぎゅっと抱きしめて、少し震えていた。

「かくれんぼ」の鬼は、一度もやってこなかった。

ある日、おっ母さんに「お友だち」ができた。

お菓子のおじちゃんだ。

お菓子のおじちゃんが、おっ母さんを訪ねてくるようになってから、うんと楽しくなった。

お菓子は、おみやげだけじゃなく、おじちゃんと一緒につくったりもした。

おっ母さんと三人で、菊を見に行ったり、みんなで「水芸」を見に行ったり。何もしなくても、おじちゃんがいるだけで、周りがきらきらするようで、嬉しかった。

おっ母さんが笑っていて、おじちゃんも笑っていて、嬉しかった。

おじちゃんが、「お父っつあん」になってくればいいのに。

いつも、そう思っていた。

急に、おっ母さんが怖い顔で、出かけると言った。

おじちゃんには、もう会えないのだと。

そんなの嫌と、言いたかったけれど、おっ母さんの手が「かくれんぼ」をした時のように震えていたので、言えなくなった。

一生懸命、楽しい振りをした。

でも、心の中で、ずっと呟いていた。

――お菓子のおじちゃん、おっ母さんを助けて。

どんなお呪《まじな》いを使ったのか、本当におじちゃんは、おっ母さんを助けてくれた。

おっ母さんは、おじちゃんのお嫁さんになって、さちは、おじちゃんの娘になった。

幸《こう》おじちゃん、茂市《もい》っちゃん、お糸《いと》姉さま、伊勢屋《いせや》の小父《おじ》さま。

沢山、沢山、大事な人ができた。

おっ母さんと二人でくらしていた時は、おっ母さんが心配するから、誰とも仲良くできなかった。

きっと、おっ母さんは「かくれんぼ」の鬼に見つかるのが怖かったんだと思う。

けれど、「西の家」に越してからは、友だちができた。

おとみちゃんと仲良くしても、おっ母さんは「かくれんぼ」をしなくなったし、鬼を怖がることもなくなった。

おじちゃんを、とと様と呼べるようになり、さちも仕事をさせて貰えるようになり、毎日が楽しい。

浅草へ家移りしたおとみちゃんが、また神田に戻って来るのも、とっても楽しみだ。

でも、やっぱり、変だ。

おとみちゃんがいた長屋の婆様《ばば》が、おとみちゃんに言ったのだという。

さちには「お父っつあん」がいなかったのじゃない。離れて暮らしている本当の「お父っつあん」が、見つかっただけなのだ。だから、「お父っつあん」があの世へ行ってしまったおとみちゃんとは、違うんだ、と。

でも、どうして、見つかった時に、とと様は「お父っつあんだよ」と、教えてくれなかったんだろう。

どうして、おっ母さんは、松沢《まつざわ》様の御屋敷で、とと様を「初めて会ったひと」みたいに、言ったんだろう。

どうして、とと様がおっ母さんを助けてくれた時、さちの歳はひとつ減ったんだろう。

どうして。

とと様は、あの時「とと様が、さちの本当のお父っつあんだよ」と、言ってくれなかったのだろう。

あの時。さちが、長屋の婆様の話を聞いて不安になった時、とと様は言ってくれた。

――俺がおさちを、娘だと心から思って、おさちも俺を心からお父っつあんだと思ってくれたら、それはもう、本当の親子なんだと、俺は思う。

あの時は、よく分からなかったけれど、「本当の親子」だと言われて、安心した。

それなら、ずっと一緒にいてもいいんだ。お父っつあんと呼んでも――お糸姉さまに助けて貰って、とと様と呼ぶことにしたけれど――いいんだと、嬉しかった。

でもね、とと様。

やっぱり、変だよ。

だって、他所《よそ》の子供は、「本当のお父っつあん」だと思わなくても、お父っつあんは、お父っつあんだよ。

さちのおっ母さんだって、さちが思わなくても、おっ母さんだもの。

変だよ。

おとみちゃんは、佐多三《さたぞう》伯父さんと一緒に住んで、いつかは「伯父さん」の「娘」になるんだって、言った。

慌てなくても、ゆっくり、時を掛けて、「お父っつあん」と「娘」になればいいんだって、おとみちゃんはほっとしたように、教えてくれた。

婆様は「違う」って言ったけど。

とと様とさち、まるで、おとみちゃんのとこと、一緒じゃない。

*

すんなり明けると思った梅雨《つゆ》が一度戻ってきて、ようやく夏晴れがやってきた。何時《いつ》鳴こうかと、様子を見ているようだった蟬の声も、そろそろ聞こえ始めている。

これから暑くなると思うとうんざりだけれど、長雨の後の青い空と日差しは、やはり気持ちがいい。

梅雨が明けてからという算段だった佐多三一家の神田への家移りも早速動き出して、明日から佐菜《さな》とさちが手伝うことになっている。

本当は、晴太郎《はるたろう》も手伝うつもりでいたけれど、幸次郎《こうじろう》に叱られた。

「そうやって、気軽に店を茂市っつあんひとりに押し付けて、出歩かないで下さい」

茂市《もいち》は笑って、

「あっしのことは、お気遣いなく」

と言ってくれたが、幸次郎はうんと言わなかった。

「『藍千堂《あいせんどう》』の主《あるじ》は、誰ですか。うちの店に、職人は幾人いるんです」

冷ややかに、そう畳みかけられては、返す言葉がなかった。

これから暑くなるにつれ、「茂市の煉羊羹《ねりようかん》」やわらび餅、葛切りの注文もどんどん入ってくる。

さっぱりとした菓子は、食べる方にしてみれば、涼し気でいいだろうが、作る方は汗だくになる。

骨の折れる夏仕事を、茂市ひとりに押し付ける訳にはいかない。

おや、と思ったのは、晴太郎がさちに詫びた時だ。

おとみちゃんの家移りを手伝えなくて、ごめん。

晴太郎の言葉に、さちはほんの刹那《せつな》、不安そうな顔をした。

どうした、と訊《き》くより早く、明るい笑みを浮かべ、首を横へ振る。

「大丈夫。おっ母さんと二人で、お手伝いしてきます」

それから、そっと耳に口を寄せて、

「とと様。幸おじちゃんに、叱られないよう頑張って」

と囁いた。

いつもなら、うちの娘はなんて可愛いんだろうと、思うところだ。

けれど、さちの様子が、少しおかしい。

硬いというか、無理をしているというか。

どうしたのか訊こうにも、壁を作られている気がして、躊躇《ためら》ってしまう。

挙句の果て、飛び切りの笑顔で、

「今日は、二階で茂市っちゃんと寝る」

と、言い切られてしまい、晴太郎は言葉を失くした。

茂市は、驚いたり浮かれたり、合間に晴太郎を心配したり、と忙しい。

何故か勝ち誇った顔で、幸次郎が晴太郎を見、さちに訊ねた。

「おや、私とは寝てくれないのかい」

さちが、普段よりも稚《いとけな》い顔で幸次郎に答えた。

「幸おじちゃんは、明日ね」

「そうか、明日か。楽しみだな。おさちは、賢いいい子だね」

当たり前だろう、と言い返してやりたいところだが、今はさちの顔色を読むだけで、一杯一杯だ。

取り繕うように、佐菜が茂市と幸次郎に声を掛ける。

「おさちをお願いします。

「へぇ、お任せくだせぇ。さて、おさち嬢ちゃま。二階《うえ》へ行きましょうか」

「うんっ」

茂市は、目尻をこれでもかという程下げ、さちと階段を上がって行った。

「寝る前に、何のおとぎ話をしやしょうかねぇ」

「おとぎ話より、餡《あん》の炊き方を教えて」

なぞと、微笑ましいとは少し遠いことを話している声が、遠ざかる。

幸次郎が訊いた。

「兄さん、何か心配事でも」

晴太郎は、少し迷ってから打ち明けた。

「ちょっと、おさちの様子がおかしいと思ってね」

幸次郎が、目を瞠《みは》ってから、低く笑った。

「おさちも、たまにはとと様じゃない大人と、寝たい時もあります」

「そうじゃなくて。なんだか、無理にはしゃいでいるように見えるんだ」

「私には、いつもと変わらないおさちに見えますが」

黙った晴太郎に、幸次郎は微苦笑で答えた。

「気にすることも、ないのではありませんか。きっと、明日またおとみちゃんと会えるから、いつもよりはしゃいでいるのでしょう」

晴太郎は、食い下がろうとして、思い直した。

幸次郎には、さちは普段と変わらぬように見えているようだ。

ならば、自分の気のせいかもしれない。

無理矢理笑って、「そうだね」と応じた。

幸次郎が、軽く頷いた。

「おやすみなさい、兄さん、義姉《ねえ》さん」と言い置いて、二階へ行った弟の背中を見送っても、なんとなく寝付かれなくて、晴太郎は縁側に腰を下ろした。

遠くで、カエルが競うように鳴いている。

そっと、佐菜が晴太郎の側に座った。

「あまり眠れそうになくてね。佐菜も先に寝ていておくれ」

「お前様」

晴太郎を呼んだ声が、いつもより微かに硬くて、晴太郎は傍らの恋女房を見た。

「なんだい」

「あの、私もおさちの様子が少し妙だと」

気のせいじゃなかった。

分かっても、ほっとは出来なかった。

晴太郎は、佐菜に訊いた。

「何か、あったんだろうか」

佐菜が、小さく首を横へ振り、応えた。

「ただ、夕飯の少し前、あの子言ったんです。不安そうな顔をして、『家移りの手伝い、行かなきゃ駄目かな。店で留守番してちゃ、駄目かな、おっ母さん』って」

佐菜は言った。

さちは、手伝いを嫌がったことも、出かけるのを嫌がったことも、ない子だった。ましてや、仲のよかったおとみが帰って来るのだ。会うのを楽しみにしている筈である。

そうして、先刻のように、すぐに「やっぱり、なんでもない。おとみちゃんに会うの、楽しみだなあ」と、言い直した。その時の明るい笑みが、ぎこちなかった、と。

晴太郎は、零《こぼ》れそうになった溜息を、呑み込んだ。

「こういう時、血が繋がっていたら、何を考えてるのか、あっさり分かるものなのかな」

茶化して言ったつもりが、自分の弱々しい声に吃驚《びっくり》した。

佐菜が、哀し気な声で晴太郎を窘《たしな》めた。

「お前様」

「ごめん」

すぐに詫びてから、敢えて笑いで紛らわせる。

「だめだなあ、俺は。ようやく父親らしくなれたかと思ってたのに、少し何かあると、すぐに慌てて、不安になる」

佐菜が、晴太郎の手を両手でそっと包んだ。

「あの子の父親《てておや》は、お前様だけです」

ああ、温かい。

夏場に温かい手が気持ちいいと感じるのは妙だが、佐菜の手のぬくもりは、夏でも冬でも、変わらず心底ほっとする。

佐菜が、楽し気に小さく笑った。

「何」

「お前様の手。いつも柔らかくて、すべすべしていて、赤子の肌の様」

照れ臭くなって、妙に真面目に答える。

「餡を触ってるせいじゃないかな。茂市っつあんも、似たような手をしているよ。父の手もそうだった」

また、佐菜が、ふふ、と笑った。その拍子に、佐菜の指先が、さらりと動く。

「佐菜。くすぐったいよ」

晴太郎も、ふふ、と笑った。

「おさちのことは、何かあったら、すぐにお知らせします」

「ああ、頼む」

それきり、どちらからともなく口を噤《つぐ》んだ。

いつも思うが、佐菜といる時の静けさは、酷《ひど》く心地いい。

けろけろ。ころころ。

仲間から逸《はぐ》れたのか、ただの散歩でうちへ来たのか。庭のカエルが、縁側のそばで小さく鳴いた。


親方大工の住まいになるだけあって、佐多三達の家は、広かったそうだ。

家移りから三日経っても、大工道具の片付けやら、弟子の部屋の支度やら、勝手の設《しつら》えやら、やることは残っているらしい。

さちは、手伝いを嫌がったのが嘘のように、おとみとまた会えたこと、これからも一緒に遊べることを喜び、楽し気に立ち働いていたのだという。

家に戻って来てからも、今日は桐の苗木を植えたとか、おとみちゃんの鏡台が綺麗だったとか、猫が庭に遊びに来たとか、さちは目を輝かせて、語っていた。

さちの来ない店を茂市が寂しがるかと思いきや、「おさち嬢ちゃまが楽しそうだから、何のことはない」と、大層楽し気にしていた。

今日は何があったか、夕飯時、さちに聞かせて貰うのが、ここ幾日かの楽しみなのだそうだ。

さちのことは、そんなに心配するまでもなかったかと、晴太郎と佐菜が、気を抜いた四日目に、騒動は起きた。


さっぱりした口当たりの「茂市の煉羊羹」は、元々夏によく売れる。

梅雨の明けが遅れ、皆、夏を待ちくたびれていたせいか、暑くなった途端に、飛ぶように売れ出した。今日の売れ行きは飛び切りで、午過《ひるす》ぎには前の日、多めに仕込んでおいた羊羹を全て売り捌き、明日の羊羹を今日よりも更に沢山仕込み、と晴太郎も茂市も、へとへとになっていた。

いつものように、幸次郎が戻って来るのを待って、時を計った様にやってきた定廻《じょうまわり》同心の岡《おか》も交え、勝手で焼き立ての金鍔《きんつば》を頬張っていた時のことだ。

誰もいないはずの作業場から、がたん、と何かが落ちる物音がして、次いで、「あつっ」と、小さな悲鳴が響いた。

確かめるまでもない。さちの声だ。

真っ先に晴太郎が、次いで茂市と幸次郎が立ち上がり、土間から板の間へ腰かけていた岡が少し遅れて、作業場へ走った。

作業場、羊羹舟――羊羹の種を流し込み、固めるための木箱をずらりと並べた棚の前に、さちが手を押さえてしゃがみ込んでいた。

明日の商いに向けて山ほど仕込んだ、「茂市の煉羊羹」だ。

その傍らには、零れてしまった固まる前の羊羹の種と、空の羊羹舟が転がっている。

おとみの家移りの手伝いに、佐菜と共に行っていたんじゃなかったのか。

あれだけ、ひとりで作業場に入ってはいけないと言い聞かせていたのに、なぜここにいるのか。

どうして、誰にも言わず帰ってきているのか。

ぐるぐると、問いが頭を巡るが、晴太郎の身体は勝手に動いた。

仕込み終えたばかりの羊羹の種だ、火から降ろしてあるとはいえ、まだ熱い。

「おさちっ、怪我は。どこかぶつけてないか。種、被ってないか。火傷《やけど》はっ」

蹲《うずくま》っていたさちは、のろのろと顔を上げた。真っ青だ。

「見せなさい」

晴太郎は、さちの腕をそっと取り、右手で押さえている左手の手首辺りを、見た。

羊羹の種が掛かり、赤くなっている。

さっとさちを抱え上げ、勝手へ。

水甕《みずがめ》から柄杓《ひしやく》で水を汲み、さちの左手へ掛ける。

種を洗い流し、繰り返し、水を掛ける。

思ったより、火傷は広くないけれど、肌の赤みが強い。もっと、もっと冷やさないと、水ぶくれができてしまう。

狼狽《うろた》えた声で「久利庵《くりあん》先生の塗り薬」と呟いた茂市が、作業場からまろび出ていくのが、目の端に映った。

幸次郎が、晴太郎の肩に手を置いた。

「兄さん、もうそろそろ。今度は、着物が濡れておさちが風邪をひいてしまいます」

静かに言われ、晴太郎はようやく、我に返った。

「他に、他に、熱いとこはないか。痛いとこは――」

さちの手足、顔を、触りながら確かめる。

さちは、青い顔をしたまま、答えない。

幸次郎が、さちの濡れた手を手ぬぐいでそっと拭きながら、晴太郎を宥《なだ》めるように言った。

「大丈夫ですよ、兄さん。左の手だけです。他は、なんともありません」

安堵で力が抜け、その場に座り込みそうになるのを、晴太郎はどうにか堪えた。

幸次郎が、さちを促して土間から板の間へ腰を下ろさせた。薬を持って来た茂市が、泣きそうに顔を歪めながら、さちの火傷にそっと薬を塗る。

それを、晴太郎は土間からじっと見つめていた。

「兄さんも、手を拭いてください」

幸次郎から渡された手拭いを受け取った自分の手が、震えていた。

一歩間違えば、熱い羊羹の種を、頭から被っていた。

思い浮かべた途端、厭《いや》な汗が、どっと溢れた。

幸次郎が、静かに晴太郎に告げた。

「念のため、久利庵先生に診て頂いた方がよさそうですね」

茂市が、薬を塗ったさちの手首に手拭いを巻き終えるのを待って、晴太郎はさちに近づいた。

びくりと、さちの幼い肩が揺れる。

視線を合わせるように、さちの正面にしゃがむ。

「おさち。どうして言いつけを守らなかった」

自分で思うよりも、厳しい声が出た。

「兄さ――」

窘めるように、晴太郎に呼び掛けた幸次郎を、茂市が目顔で止めている。

分かってる。

火傷をして、一番驚いているのも怯《おび》えているのも、さちだ。

でも、これは訊かなければいけない。いや、言い聞かせなきゃだめだ。

晴太郎は、続けた。

「おさちには幾度も言ったよね。店の作業場には、必ずとと様か茂市っつぁんと一緒に入ること。勝手に、店のものを触っちゃいけない。おさちも、ちゃんと約束した」

さちが、小さく「はい」と、返事をした。

「どうして、約束を破ったんだい」

さちは、答えない。

晴太郎は、問いを重ねた。

「今日は、おとみちゃんの家へ片付けの手伝いに行ったんだよな。おっ母さんは、どうした」

さちが、ひと回り小さくなったように見えた。

「おっ母さんにも、黙って帰って来たのか」

声が冷えたのが、自分でも分かった。

浮かぶのは、鎧坂《よろいざか》の冷淡な面影。跡目を継いだという長男、長男を助けている次男は、父に似ているのだろうか。

面影だけでなく、性分も似ていたとしたら。

あの時は、佐菜とお腹の中にいたさちを助けてくれた。

でも、今は。

歳の離れた妹を、使えると考えたら。

心配のし過ぎだ。これからは、おとみの家がある須田町《すだちょう》と、ここ相生町《あいおいちょう》を子供同士で行ったり来たりするのだろう。

今までだって、川はひとりで行っちゃいけないという約束だけで、後はさちの好きにさせていた。

なのに、作業場で蹲った姿、火傷をした姿を見た途端、心配をし出すなんて、現金にもほどがある。

分かっていても、厳しく叱る自分を、晴太郎は止められなかった。

今頃、佐菜は青くなってさちを探しているかもしれない。

「――め、なさ、――」

震えるさちの声が聞こえ、はっとした。

蒼褪《あおざ》めたままの顔に、涙の気配はない。

見開いた目は、虚ろで何も映していないようだ。

ふいに、がたがたと、さちが震え始めた。

俺は、一体、さちに何を――。

「めん、なさい。ごめんなさい、ごめんなさいっ。ごめんな、さい」

うなされているように、「ごめんなさい」を繰り返すさちに、晴太郎は恐る恐る、手を伸ばした。

もう少しで、さちに届くと言うところで、ぐい、と腕を後ろから引かれ、立ち上がった。

「晴太郎、そこまでだ」

穏やかな声で晴太郎を止めたのは、伊勢屋総左衛門《そうざえもん》だ。

ほっそりとして小柄だが、典雅な所作と大店《おおだな》の主らしい落ち着き、押し出しの強さ、眼に宿る光の強さで、ひと回り大きく見えるのはいつものことだ。

藍《あい》と銀鼠《ぎんねず》色の細かな縦縞の小袖の着こなしにも、髪にも襟元にも、相変わらず一分の隙もない。

だが、今日はなんとなく、いつもと違うように見える。

そんな風に、どこか呑気に総左衛門を眺めたのは、むしろさちへの自分自身の仕打ちに、狼狽えていたからかもしれない。

さちが、弾かれたように立ち上がり、総左衛門に駆け寄った。

総左衛門が抱き上げると、さちは小さな手で、その首にしがみついた。

胸が痛んで、晴太郎は声を掛けられなかった。

「おさち」

「嬢ちゃま」

幸次郎と茂市が呼ぶたび、さちは、大きく身体を震わせ、怯えた様子で、総左衛門に捕まった手へ、ぎゅっと力を籠める。

総左衛門は、さちの背中に回した手で、ぽん、ぽん、とゆっくりあやすように叩き続けている。

「大丈夫。何も怖がることはない。大丈夫だ、おさち」

穏やかな総左衛門の手の動きと声に、さちの震えが収まっていく。

ようやく、少し落ち着いた様子のさちに、晴太郎は安堵した。

誰とも目を合わせたくないと言わんばかりに、頑なに総左衛門の肩口に顔をうずめてはいるけれど。

幸次郎が、総左衛門に声を掛けた。

「どうして、伊勢屋の小父さんが」

勝手とはいえ、総左衛門を「小父さん」と呼んでしまうあたり、幸次郎も慌てているのだろう。

幸次郎の問いに答えたのは、岡だった。

「晴太郎が、見たこともねぇほど恐ろしい顔をしてたからな。こいつは、ひと騒動起きると踏んで、伊勢屋を呼びに行ったってぇ訳だ。俺がいなくなったのも、気づいてなかったろう」

幸次郎と茂市が、互いに頷き合っている。

晴太郎の頭から、血の気が引いた。

岡が見たこともないという「恐ろしい顔」で、さちを怖がらせてしまったのだろうか。

茂市や幸次郎にも怯えるほどに。

岡が、困ったような笑みを浮かべて、晴太郎の肩を叩いた。

「心配しなくても、所詮はおっとり晴太郎の『恐ろしい顔』だ、大したこたぁねぇ」

岡の慰めに、ほっとしていいのか、落ち込んでいいのか。

晴太郎は、取り敢えず岡に笑い返した。

岡が、ぼそりとぼやく。

「辛気臭ぇ顔するんじゃねぇや。俺が虐《いじ》めたみてぇじゃねぇか」

そこへ、佐菜が駆け込んできた。

先刻のさちよりも、青い顔をして、荒い息をして。

さちがいなくなったことに、どれほど慌て、心配したのだろう。

佐菜は、総左衛門が抱えているさちを認め、初めは安堵したように頰を緩ませたが、すぐに厳しい顔つきになった。

「おさち、どうして――」

母の声に、さちの肩が、ぴくりと揺れたが、再び震えることはなかった。

総左衛門が、佐菜に向かって、小さく首を横へ振った。

娘を叱りかけた母は、そっと口を噤んだ。

総左衛門は、優しい声でさちに訊ねた。

「さて、おさち。お前の二親《ふたおや》は、色々忙しいようだ。しばらく私の家に泊まりに来るかい。昨日から、いずれ私の義理の息子になる子が、商いを覚えに来てるんだよ。夏之助《なつのすけ》と言ってね。歳は十三だから、おさちとは少し歳が離れているけれど、子供好きの穏やかな性分だから、遊んで貰えるだろう」

晴太郎は、さちが、総左衛門の誘いに、小さく、けれど迷いなく頷く様子を、ぼんやりと眺めていた。

きっと、今は晴太郎と一緒にいてもさちを怯えさせるだけだろう。無理に側に置いて、実の母親の佐菜にまで怯えるようになっては、大事《おおごと》だ。

静かに、総左衛門が訊いた。

「どうだろうか、晴太郎、お佐菜さん」

晴太郎は、佐菜と顔を見合わせ、二人揃って頭を下げた。

「おさちが御厄介をおかけしますが、どうぞよろしくお願いいたします」

晴太郎の言葉に、総左衛門が柔らかな顔で頷いた。

「女手も子供の遊び相手もいるから、心配いらない。火傷もすぐに久利庵先生に診てもらう。それから、後で誰かに、着替えやら何やらとりに来させるから、入用なものを持たせてくれ」

ああ、『伊勢屋』さんは、遠縁から、後継ぎの養子を迎えることになっているんだっけ。

痺れてしまった頭と心で、晴太郎はぼんやりと考えた。

さちに、何と声を掛ければいいのか、そもそも掛けた方がいいのか、分からないでいる間《ま》に、総左衛門はさちを連れて帰ってしまった。

重苦しい静けさを乱したのは、のんびりとした岡の声だった。

「まあ、なんだ。随分と丸かったなあ、伊勢屋は」

その場にいた他の四人が、一斉に岡を見た。

晴太郎は、一度唇を嚙みしめ、詫びた。

「佐菜、ごめん。おさちをきつく叱ったら、怯えられてしまった。幸次郎も茂市っつあんも、ごめん。俺のとばっちりで、二人まで怖がられてしまった。伊勢屋の小父さんは、きっと俺に呆れて、怒る気も失せたんだ」

岡が、ううん、と唸る。

「違うと思うぜ」

「旦那」

晴太郎の問い掛けに、岡がにやりと笑った。

「総左衛門は『伊勢屋』にいた時から、あんな風だった。夏之助って跡取りが、一緒にいてなあ。やけに楽しそうに、商いを教えてた」

幸次郎が、思い当たった風で、ああ、と頷いた。

「小父さんの装いが、いつもより若々しく見えたのは、その夏之助さんが来ているからでしょうか」

そういえば、藍と銀鼠の、細かいけれどはっきりした縞の小袖姿は、初めて見た。

総左衛門の普段の装いは、渋みの効いた、穏やかな色味ばかりだ。

不意に、どうしようもなく笑いたくなった。

場違いな笑いに、幸次郎が戸惑ったようだ。

「兄さん」と、問いかけられた。

「自分が、こんなに薄情だなんて、思わなかったよ。おさちが俺より小父さんを頼ったのに、何も感じないなんてね」

幸次郎が、呆れたような溜息を吐《つ》いた。

「兄さん、多分、色々違ってますよ」

またか。

晴太郎は、むっつりと訊いた。

「違うって、何が」

「怯えられて悲しかった自分の胸の裡《うち》そっちのけで、おさちが落ち着いてよかった、小父さんのお蔭だ、なんて思う人は、薄情ではなく、お人よしって言うんです」

「さすがに、そこまでお人よしじゃない。内心は、俺に怯えたおさちが小父さんに頼るとこをみて、穏やかじゃあなかったよ」

「それは当たり前です。父親なんだから。でも、ほっとした方が大きかったんでしょう。顔に出てましたよ」

う、と晴太郎は言葉に詰まった。弟は畳みかける。

「そもそも、兄さんはきつく叱ってなんか、いません。普段優しい『とと様』に叱られたら、おさちもしょげるでしょうが、あんな風に怯えるような叱り方はしてない。何より、おさちはどうして叱られたのか、よく分かっている筈だ。なのに賢いあの子が、怯える理由はない」

茂市が幸次郎に続く。

「そうですよ、晴坊ちゃま。それに、あれはちゃあんと、言っておかなきゃいけねぇこってです。嬢ちゃまだって、初めて聞いた話じゃねぇんだ。なのにあんなに震えるなんて」

いつもは、兄弟の遣り取りを、時には笑いを堪え、時には気を揉みながら、黙って聞いている男が、珍しい。

幸次郎が、

「何より、おさちが大事な言いつけを守らないなんて、おかしいですよ。ひょっとして、何かあったんじゃあ、ありませんか」

さちの本当の父親のことは大きな気がかりだが、今日、あれほどさちが怯える理由が分からない。

やはり、生《な》さぬ仲の親には、越えられない壁があるのかもしれない。

それを、今ここで口にする覚悟を、晴太郎は持てなかった。

口にしたら、その壁が本当になるかもしれない。穏やかで賑やかで幸せな日々が、終わってしまいそうで、恐ろしい。

佐菜が、控えめに問いを挟んできた。

「一体、おさちは何をしたのでしょう。佐多三さん一家のところで、片付けやら掃除やら、買い出しやらで、ばたばたしていて、気づいたらおさちの姿がなかったんです」

幸次郎が、晴太郎をちらりと見てから、小さく息を吐いた。

誰もいない作業場に、さちが入ったことから、総左衛門に助けを求めたところまでを聞いた佐菜は、顔を曇らせ、すぐに茂市に詫びた。

「手を掛けて作った羊羹を娘が台無しにしてしまい、申し訳ありません」

「とんでもねぇ」と慌てた茂市は、少し寂しそうだ。茂市の心の裡を、幸次郎が代わって告げた。

「また、義姉さんは水臭いことを。おさちはうちの子です。兄さん義姉さんだけじゃない、私だって茂市っつあんだって、一緒に育てているつもりなんですから。そこで義姉さんが茂市っつあんに、まるで赤の他人のように詫びるのは駄目ですよ」

そうね、と小さく呟き、佐菜はほっとしたように、少し笑った。

茂市が、気遣わし気に呟いた。

「嬢ちゃまの火傷の具合が、気になりやす」

幸次郎が頷く。

「兄さんが、これでもか、というくらい冷やしていたし、かかったのは左の手首だけだから、そんなに心配はいらないと思うけれど」

すかさず、岡が、

「じゃあ、後で俺が様子を見て来らあ。お前ぇ《め》達が顔を見せるより、いいだろう」

と、申し出てくれた。

晴太郎が礼を言うと、ぽつりと佐菜が零した。

「実は、なんとなくおさちの様子がおかしいことに、気づいていたんです。無理に笑っているようだったり、楽しみにしていたはずの佐多三さん一家の家移りの手伝いを、急に、行かなきゃだめかと訊いて来たり」

幸次郎が、思い当たった顔で晴太郎に確かめた。

「兄さんも、おさちの様子がおかしいって、言ってましたね」

頷きながら、思い出す。

あの時から、壁が出来ていたことに、自分は気づいていたではないか。

「あの時、もっと、おさちを気にかけていたら」

幸次郎が、首を横へ振った。

「兄さんの心配を、『気のせい』だと言ったのは、私です」

岡が溜息交じりに、告げた。

「まあ、今日のあれは、おさちなりの考えがあってのことなのは、確かだろうな。普段聞き分けのいいあの子が、作業場で悪戯《いたずら》するとは思えねぇ」

そうですね、と相槌を打ったのは、幸次郎だ。

「伊勢屋の小父さんが、ただ宥めるためだけに、おさちを引き受けてくれたとは、思えません。何か訊き出してくれるのを、待ちましょう」


それから、それぞれが落ち着かない一日を過ごした暮れ六つ過ぎ、誰かを寄こすと言っていたはずの総左衛門が、自ら西の家へ、さちの身の回りの物を取りに来た。

「火傷は、あれからすぐに久利庵先生にお越し頂いた。最初《はじめ》の手当てがよかったから、痕も残らないそうだよ」

揃ってほっとした晴太郎達へ視線を配り、総左衛門は続けた。

「気が気ではないのは分かっている。だが、ここは暫く、私に任せて待って欲しい」

江戸一との呼び声も高い『伊勢屋』の主にして界隈《かいわい》の顔役、周りの人間から頼られることも多い総左衛門でさえ、さちからすぐに話を訊きだせない。

突き付けられた重さに、目の前が真っ暗になった。

自分は、さちをそれ程傷つけてしまったのだろうか。

あるいは、幸次郎や茂市、岡の言うように、他に何か理由があるのか。

落ち着いた頃に報《しら》せを貰えたら、自分がさちから話を聞きたい。

会いに行ってはだめだろうか。

こっそり、様子を見に行くくらいは、いいだろうか。

晴太郎は、せり上がってきた訴えを、呑み込んだ。

代わりに、ようやく、

「小父さんに、そこまで頼ってしまって、いいものでしょうか」

とだけ、訊いた。

総左衛門は、元来厳しい人だ。

親の勤めを果たせていない晴太郎にすんなり助け舟を出してくれたことには、戸惑いがある。

総左衛門は、穏やかに微笑んだ。

「商いに関しては、お前達を甘やかすつもりはないが、あの子は私の孫のようなものだからね」

晴太郎と幸次郎は、我が子も同じだ。

そう、言いたいのだと、分かった。

照れ屋の総左衛門らしい物言いだった。

晴太郎は、嬉しかった。

作業場での騒ぎから、ずっと強張《こわば》っていた心が、ようやくほどけたような心地がした。

「あの」

と佐菜が、総左衛門に声を掛けた。

「おさちは、御厄介をおかけしていないでしょうか」

総左衛門の目尻に、優しい皺が寄った。

「とても、いい子にしているよ。夏之助とも、早速打ち解けてくれた」

佐菜が深々と頭を下げたので、晴太郎も女房に倣った。

何かあれば、知らせに来ると言い置いて、総左衛門は帰って行った。

つまり、知らせに来るまで大人しくしていろ、という念押しだろう。

夕飯時、晴太郎はふと、先刻の総左衛門とのやり取りを思い出した。

総左衛門の言葉や話し方から推して、さちが戻ってくるまで、時が掛かりそうだ。

そもそも、戻ってくるのだろうか。

浮かんだ考えに、思わず箸が止まった。

「お前様」

佐菜が、気遣わし気に晴太郎の顔を覗き込んだ。

西の家では、夕飯は皆揃って食べるのが、決まりだ。その日にあったことや、次の日のことなど、色々話しながら、賑やかに食べる。

晴太郎と幸次郎が、茂市の店に身を寄せた時からずっと、そうしてきた。住まいが『藍千堂《みせ》』から西の家に移っても、佐菜とさちがやってきても変わらない。

なのに今日は、さちだけがいない。

晴太郎は、ちょっと笑って言った。

「ひとりいないだけで、随分家ががらんとするもんだな、と思ってね」

幸次郎が、応じる。

「おさちは、いつも明るくて、楽しい話をしてくれましたから」

晴太郎は、茂市が泣くのではないかと、案じた。

そっと見ると、茂市は穏やかな目をしていた。

晴太郎の心配を見透かしたように、茂市が言う。

「嬢ちゃまは、ずっと頑張って来なすった。ここいらで、ちっとばっかし『総領娘』を休んだ方が、いいんでごぜぇやすよ。『伊勢屋』の旦那さんのとこで、ゆっくり休んで、それでいつもの明るくて優しい嬢ちゃまが戻ってきてくださるんなら、待つことくれぇ、嬢ちゃまの声がちっと聞こえないくれぇ、なんてことはごぜぇやせんよ」

その後、もごもごと、

「いや、つい、あっしが調子に乗って色々お教えし過ぎたのがいけねぇんで、ごぜぇやすが」

と言い訳をしたのには、晴太郎と幸次郎、佐菜さえも思わず笑ってしまったけれど。

少し遅れて、茂市も照れ笑いを浮かべた。

作業場での騒ぎから半日も経っていないのに、随分久し振りに、皆で笑ったような気がする。

ああ、そうだね、茂市っつあん。

待つことくらい、なんでもない。

あの子が、明るく笑ってくれるまで、いつまでだって、待つ。

あの子が安心して帰って来られるよう、普段通り、皆で明るく、笑って待つんだ。

晴太郎は、そう心を定めた。


腹を決めた通り、普段と変わらぬ日々を、晴太郎は過ごした。

茂市と菓子をつくり、幸次郎は客あしらいと、贔屓客《ひいききやく》回りにいそしむ。

佐菜は西の家と『藍千堂《みせ》』、佐多三の家をまめに行き来した。

佐多三とおとみには、「おさちは、はしゃぎ過ぎて少し熱を出したから、暫く休ませる」と言ってくれたようだ。

さちが『伊勢屋』へ行った次の日には、お糸がお早《はや》を連れて訪ねてきた。岡から経緯を聞いて、思うところがあったようだ。

「きっと、私が厳しくしたせいだわ。覚えがあるもの。『百瀬屋《ももせや》』はこのままじゃいけない、形ばかりの総領娘でいる訳にはいかないって気づいた時、焦ったわ。甘やかされて育ったから、菓子のつくり方も、美味《おい》しさも、商いの仕方も、私は知らない。何から手を付けていいか分からなくて、焦って、とにかく何でも知ろうとした。おさっちゃんが、こっそり作業場へ入った理由《わけ》は、きっと同じ。ごめんなさい、従兄《にい》さん。私が総領娘、総領娘って厳しくし過ぎて、おさっちゃんを焦らせたのね」

辛そうな顔で詫びたお糸を、晴太郎は宥めた。

「それは違うよ、お糸」

同じことを、幸次郎と岡にも言われたな、と笑いながら晴太郎は続けた。

「おさちは、お糸のことをとても慕ってた。お糸と会った日は、夜まではしゃいで、なかなか眠ってくれないんだよ。お糸姉さまみたいになりたい、とも言ってたな」

お糸が、耳朶《みみたぶ》を赤くして、ぶっきらぼうに「そうなの」と応じた。

頭が冷えた今なら分かる。

佐多三一家の家移りの手伝いを楽しみにしていたさちが、急に留守番をしたがった理《わ》由《け》。

こっそり、作業場に戻って来た理由《わけ》。

羊羹を落としたのは、きっと、羊羹舟の中身がどうなっているのか、知りたかったのだ。

悪戯心からではなく、お糸の言うように、焦りから。

きっと、みんな「総領娘として、もっとちゃんとしなきゃ」という焦りから来ていた。

焦り出したきっかけと、晴太郎に叱られて怯えた理由《わけ》は、まだ分からないけれど。

お糸が、ぽつりと呟いた。

「おさっちゃん、早く戻ってくるといいわね」

晴太郎は、笑って言った。

「急がないよ。せっかく、伊勢屋のじじ様に甘えているんだ」

伊勢屋のじじ様——総左衛門は、忙しいのか、晴太郎達は口を出すな、という無言の戒めか、顔を見せてくれなかったが、さちの様子は、毎日岡が伝えに来てくれた。

菓子から離れ、普通の子供の様に過ごしているそうだ。夏之助にもよく懐いて、少しずつ笑うようになってきたという。

ただ、時折寂しそうに空を見たり、ふいに不安そうになって、総左衛門と夏之助に慰められていると聞いて、胸が痛んだ。

そうして、さちが『伊勢屋』へ行ってから十日経った夕飯時、総左衛門が西の家へやって来た。浅葱《あさぎ》色の小袖は、緑色を帯びた淡い青が涼やかで、幸次郎の言うように、総左衛門にしては若々しい装いだ。着こなしにも身ごなしにも、まったく隙が無いのは、いつもと変わらないけれど。

晴太郎と佐菜に、話があると言ったので、客間へ通した。茶の支度をしていた佐菜を呼び、晴太郎の側《かたわら》に座らせると、総左衛門は前置きなしに切り出した。

「おさちに、本当の父親の話をさせて貰えないだろうか」

佐菜が、晴太郎の袖を引いた。袂《たもと》を摑んだ指が白くなるほど力を入れ、微かに震えている。

総左衛門の声は、柔らかく凪《な》いでいる。

「お前達も、いずれ、話さなければならないと決めてはいたのだろう。本当なら、晴太郎か佐菜さんから話すことなのは、分かっている。ただ、今話すには、二人の覚悟がまだできていないのではないかい。佐菜さんには酷なことだし、晴太郎は綺麗事やぼんやりした話で誤魔化《ごまか》してしまいそうでね。それでは、おさちは得心しないだろうし、下手をしたら要らぬ疑念を抱きかねない」

痛いところを突かれた。

佐菜は、まだ鎧坂のことを口にするのも辛いだろうし、晴太郎に至っては、総左衛門の言う通りになる自分しか見えない。

それでも、是非お願いしますとは、言えない。

晴太郎は、正面から総左衛門を見据えた。

「私達の覚悟が出来ていないのは、おっしゃる通りです。ですが、いいえ、だからこそ、まだ幼いおさちに、今、告げなければいけない理由を、教えてください」

総左衛門は、微かに眼を瞠ってから、ほろりと笑った。

「お前も、親の顔をするようになったんだね。おさちのお蔭か」

これは、晴太郎が褒められたのか、さちが褒められたのか。

小さな溜息ひとつ、総左衛門は切り出した。

「さて、それじゃあ、おさちをうちに連れてきたところから、話を始めよう」

＊

総左衛門の店、薬種問屋《やくしゅどんや》『伊勢屋』は、『藍千堂』の南、神田佐久間町《さくまちょう》の二丁目、和泉橋の東向かいにある。

同じ佐久間町のおとみが暮らしていた長屋は、『伊勢屋』から武家屋敷を挟んだ北だ。

『藍千堂』から離れると、さちは随分落ち着いて「自分で歩きます」と言ったので、手を繋いで、『伊勢屋』まで二人で歩いた。

道すがら、総左衛門はさちに「茂市と同じように、気安くしゃべってくれないか」と、頼んでみた。

「私は、おさちの爺様《じじ》みたいなものだからね」

言い添えると、さちは戸惑った顔で異を唱えた。

「でも、爺様じゃなくて、おじ様みたいです」

「おや、嬉しいことを言ってくれるねぇ。それじゃあ、今まで通り『伊勢屋のおじ様』でいいから、話し言葉だけ、爺様相手のように」

さちは、はい、と言いかけ、「うん」と言い直した。

『伊勢屋』へ着き、北、西、南の三方を道に接している表店《おもてだな》の広い間口と、そこから引きも切らず出入りする客、きびきびと立ち働く手代達を見て、さちの目が丸くなった。

「ちょっと店を覗いてみるかい」

小声で訊ねると、さちは目を輝かせ、総左衛門を見上げたが、すぐに、迷うように視線をさ迷わせた。

「商いの、邪魔にならない」

か細い声の問いに、総左衛門は答えた。

「少し覗くくらいで、邪魔になぞならないよ。それから、『伊勢屋』にいる間は、総領娘の仕事は休みだ」

ほっとした様子のさちを、総左衛門は再び抱き上げた。

「人が沢山いるからね。この方があちこち良く見えるだろう」

「うん」と応じたさちは、楽し気だ。

まずは、少しでも先刻の怯えを忘れられればいい。

そう願いながら店へ戻ると、手代達が口々に「旦那様」「お帰りなさいまし」と声をかけてくる。

馴染み客が、二人を目ざとく見つけて、近づいて来た。小太りの医者だ。隅々まで金《きん》子《す》を掛けた装いと、公家のような細い口髭が胡散臭いが、医術の腕は間違いない。

「おや、孫でも出来たかね、伊勢屋さん」

上機嫌で軽口をたたいて来た医者に、笑顔で応じる。

「これは、順沢《じゅんたく》先生、いらっしゃいまし。私は爺《じじ》でもいいのですが、この子は、爺様というには、手前は若すぎる、と」

はっは、と医者は高らかに笑った。周りの客が、ちらりと総左衛門達を見遣る。

「なるほど、江戸を牛耳る『伊勢屋』の主を掌で転がすとは、大した娘さんだ。伊勢屋さん、目尻が緩んでるよ」

楽し気に笑いながら、医者は軽い足取りで帰って行った。

「またのお越しを」

と声を掛けつつ、ふくよかな背中を見送る。

ちらちらと、視線を寄こしていた客達も、すぐに自分の買い物に戻った。

さちが、小さな鼻を、くん、と鳴らした。

「いいにおい」

「おや、そうかい」

薬の匂いを嫌う子供は多い。けれど、さちは嬉しそうに笑った。

「くりあん先生の診療所と、同じにおいね」

「ああ、久利庵先生に手首の火傷を、診てもらわないといけないね」

顔を曇らせたさちに、総左衛門は訊いた。

「痛くはないかい」

すぐに「大丈夫」と、応《いら》えが返ってきた。

近くにいた手代に声をかけ、すぐに久利庵を迎えに行かせ、別の手代を呼び止める。

「夏之助は、どうしてる」

「はい、若旦那でしたら、先刻届いた生薬《きぐすり》を、奥で改めておいでです」

そうか、と応じ、さちを連れて奥向きへ向かった。

そろそろ、薬種問屋の商いを覚えさせようと呼んだが、夏之助は、総左衛門の見立て以上に敏《さと》い子で、十三ながら、大人の手代に劣らない働きぶりを見せている。

何より、重箱の隅をつつくような細やかな観察眼《めきき》で薬草や生薬を見分ける様子は、若い頃の総左衛門自身を見ているようだ。

遠縁とはいえ、血の繋がりがあるせいか、小柄で細身の体軀、顔立ちも似ていると、奉公人の間では早くも評判になっている。

奥向きの庭で、生薬を広げ、古株の手代の話に熱心に耳を傾けながら、丁寧により分けている夏之助と、さちを引き合わせた。

しばらくうちでさちを預かることになったので、商いを学ぶことは暫く休み、さちの相手をしてくれと頼むと、夏之助は快く引き受けてくれた。

さちも、初めから夏之助によく懐いた。

晴太郎とさちを、このまま置いておけない。

その一心でさちを引き取ってきたが、長いこと、男のひとり者所帯だったのだ。奉公人達もどうすればいいか分からないだろうし、気がかりがなかった訳ではない。けれど、佐菜が嫁に来る前、『藍千堂』の朝飯を任せていた女中のおてつが、手慣れた様子でさちの世話を焼いてくれた。

晴太郎達は、さちの怯えの理由を一刻も早く知りたいだろうが、総左衛門は、さちから話したくなるまで、待つつもりだった。

この子は、見かけによらず頑固だ。下手に逸《はや》って訊ねたりすれば、頑なに「何でもない」で通すだろう。こうと思ったら意地でも引かない辺り、近頃の晴太郎とよく似ている。

総左衛門ができることは、さちが話しやすい雰囲気をつくってやること。安心して、この歳らしい過ごし方をさせてやること。

夏之助は、総左衛門の大きな助けになってくれた。

夏之助は、草花や薬草が好きで、花の名、薬草の効能も、後継ぎの教えを受ける前からよく知っていた。

さちと二人、庭にしゃがんでは、あの茂みの草に、いつ、どんな花が咲くのか、見上げては、あちらの木にはこんな実がなるのだ、と夏之助がさちに教えていた。さちも楽しそうに聞いていた。

夏之助は女子《おなご》の遊びも良く知っていて、手毬唄《てまりうた》に合わせて毬を突いたり、鮮やかにお手玉を操って、さちを驚かせたりしていた。

さちが『伊勢屋』へやってきて十日めの夕刻のことだ。庭の花に水をやっている二人を総左衛門が縁側で眺めていると、さちが夏之助へ、意を決したように訊ねた。

どうして、伊勢屋のおじ様を、お父《と》っつあんと呼ぶのか、と。

夏之助が総左衛門を「お父っつあん」と呼んでいるのを、さちが初めから気にしていたのは、分かっていた。

さちの歳と敏さなら、途中から晴太郎が「父親」になったことを、妙だと感じているはずだ。世間には「今まで離れて暮らしていた、実の親子だ」ということにしているが、さちが真に受けているかは、怪しいと思っている。

そこへ来て、先だっての作業場での騒動、今日の問いだ。

晴太郎とは生さぬ仲だと、気づいているに違いない。

夏之助が、どんな答えをくれるのか、さちは恐れているようだ。それでも訊かずにはいられぬほど、思いつめているらしい。

一方の夏之助は、何の屈託もなく、からりと答えた。

「養子、と言ってね。このお店《たな》を継ぐために、伊勢屋の小父さんの息子になるんだよ。本当は、親子になるのはもう少し先なんだけれど、もう『お父っつぁん』って呼んでもいいかなって思って」

照れながら、はは、と笑う夏之助は、どこまでも素直で迷いがない。実の父母の元を離れて、厳しいと評判の総左衛門の養子に入るのだ。色々思うところはあるだろうに。

さちは、変だ、という顔をして、夏之助を見ている。

「本当のお父っつあん、おっ母さんがいるのに、伊勢屋のおじ様の子になるの」

「そうだよ。この店を、誰かが継がなきゃいけないからね」

さちが、何か口を開きかけ、総左衛門を気遣うように見て、口ごもった。

幼いのに他人に気遣いが出来るのは、佐菜と二人、息を潜め、周りをよく見て暮らしてきたからだろう。

夏之助も、さちが何を言いたいのか、察したようだ。

「寂しくはないよ。『伊勢屋の小父さん』の息子になっても、お父っつあんおっ母さんには、また会える。小父さんもいるしね。ああ、そうだ。それでも寂しくなったら、おさっちゃんに慰めて貰おうかな」

にこっと笑った夏之助に、さちも小さく笑い返し、頷いた。けれどすぐに思いつめた顔に戻り、また訊く。

「ようしって、他の子でも、あることなの」

「そうだね。珍しいことじゃないよ。御武家様や、大きなお店を持つ家には、どうしても後継ぎが要るんだ」

「そっか」

ふと、気が抜けた様子で、さちが呟いた。

それきり、俯《うつむ》いて黙ってしまったのを、夏之助が気にし始めたので、総左衛門はさちを抱き上げ、縁側に戻った。傍らに座らせると、さちを挟んだ隣に、夏之助も腰を下ろす。

「おさっちゃん、どうしたんだい」

夏之助が、そっと訊く。

膝の上の小さな拳《こぶし》に、ぎゅ、と力が入った。

「あの、あのね」

ようやく切り出した声は、微かに震え、揺れていた。

「よくあることなら、どうしてとと様は、さちが訊いた時、はっきり教えてくれなかったんだろ。さちは、とと様の本当の娘なのか、ようしなのか。あのね。『長屋の婆様』は、とと様とさちは本当の親子だって言うの。でもとと様は、さちととと様が、お互いに親子だって思えば、本当の親子なんだと思うとしか、言ってくれなくて。でも、思わなきゃ親子じゃないなんて、変だよね。それからね、ようしになる時、歳がひとつ減ることって、あるのかな。本当の歳を、内緒にしてなきゃいけないことって、あるのかな。さちの歳が減ってから、おっ母さんは『鬼ごっこの鬼』を怖がらなくなったの。だから、どうしてって訊けなくて」

何を訊かれているのか分からない夏之助は、戸惑った顔で、さちと総左衛門を見比べている。

これは、待ったなしだ。

誤魔化しも利かない。

総左衛門は、さちの背中を二度、宥めるように軽く叩いて告げた。

「ちょっと出かけてくる。戻ったら、おさちの知りたいことに答えよう。夕餉《ゆうげ》は、おてつに頼んでおくから、二人で先に食べていなさい。夏之助、おさちを頼んだよ」

言い置いて、総左衛門は、晴太郎達の住む「西の家」へ向かった。

＊

なんてことだ。

晴太郎は、唇を噛みしめた。そっと窺った佐菜の顔色も、真っ青だ。

なぜ、いつかは打ち明けなければ、なんて気長に構えていたのだろう。

どう話そうか、どこまで話そうか、なんて、呑気に悩んでいたのだろう。

さちは、晴太郎と自分の間柄を、最初《はな》から全て、分かっていたのに。

さちが自分の実の娘だと勘付いて、母娘を連れ戻そうとしていた鎧坂を欺くのに必死だった。あの恐ろしい男に、二人を渡したくなかった。

他の人達にも、同じ言い訳が通るだろうと、安心していた。

そんなことは、言い訳にもならない。

誰よりも、肝心のさち自身が得心するように話をしなければ、いけなかったのだ。

佐菜が、両手で口を覆い、「お前様」と晴太郎を呼んだ。

ふう、と総左衛門が、溜息を吐いた。

「今更、言うまでもないことだと思うけれど。晴太郎が綺麗事で誤魔化した『親子』の話や、歳を変えたことから、おさちは、自分はただの『連れ子』ではないと、気づいている。あの子を侮ってはいけない。驚くほど、大人と同じように察し、考えているよ。むしろ、察することに関しては、大人より細やかだね。だからね、晴太郎、お佐菜さん。今、ちゃんと話をしておかないと、おさちの心は、どんどん離れてしまうよ」

久し振りに、総左衛門から容赦のない皮肉をくらったが、まったくその通りだ。

口に手を当てて震えたままでいる佐菜の肩にそっと手を掛け、晴太郎は言った。

「何から何まで、小父さんの言う通りだと思う。どうだろう、伊勢屋の小父さんにお願いしてみないか」

だしぬけに、佐菜が、がばりと平伏《ひれふ》した。両手を突き、額を畳にこすりつけ、悲鳴のような言葉を紡いだ。

「どうか、どうか後生です。あの娘の父親が、咎人《とがにん》だということだけは、おさちが咎人の娘だということだけは、伝えないでくださいまし。その真実も咎も、私が負って墓まで持って行きます。ですから、どうか――っ」

佐菜の悲痛な頼みを、総左衛門は二つ返事で受け入れた。

晴太郎は、すぐに戻ってさちと話をすると言った総左衛門について、『伊勢屋』へ来ている。

隠れてそっと聞くだけでいい。決してさちに声を掛けないし、自分がいることを悟らせるようなこともしない。

だから、総左衛門がさちにする話を、聞かせてくれ。

そう、頼み込んだのだ。

総左衛門は、自分で口にした約束を守れるのなら好きにしろ、とあっさり言ってくれた。

佐菜も晴太郎も、総左衛門がどんな風に話をしたのか、知っておいた方がいい、ということのようだ。

佐菜は、さちに気配を悟られないでいられる自信がない、と言って西の家に残った。

さちは、総左衛門と二人きり、仏間で向かい合っている。

奉公人にも、夏之助にも、仏間に近づかないよう言いつけた上で、襖《ふすま》を隔てた隣の部屋に、晴太郎は通された。

さちの姿を見たい。

ほかならぬ総左衛門の庇護だ、何の心配も要らない。

それでも、あの強張った頰は、少しでも緩んでいるのか、悩んだせいで瘦せてしまってはいないか。

ほんの少し、襖を開ければ——。

晴太郎は、忙《せわ》しなく首を横へ振って、自分を叱った。

総左衛門との約束を違えては、さちに顔向けできない。

『おさち』

襖の向こうから、晴太郎の娘を呼ぶ総左衛門の声が、聞こえた。

＊

さちは、驚くほど落ち着いていた。

夕暮れ、夏之助と共に、庭の草木に水をやっていた、歳にふさわしいあどけなさは鳴りを潜め、幼いながら、辛い話でも、逃げずに聞こうと覚悟を決めている目をしていた。

『百瀬屋』を自らが建て直すと腹を括っているお糸に、よく似た面差しだ。

「おさち」

「はい、伊勢屋のおじ様」

「さっき、約束をしたね。おさちの知りたいことに、答えると。お前の父親の話だ。本当に訊きたいかい」

こくりと、さちが頷いた。

泣くまい、取り乱すまい、と必死で息を詰めている。頷くのがやっとなのだろう。

総左衛門は、一度眼を閉じてから、さちを見つめ、静かに切り出した。

「おさちの実の父親は、お武家様だった」

ぐ、とさちが拳を握りしめた。

総左衛門は続けた。

「まだ、おさちがお佐菜さんのお腹の中にいる時、お佐菜さんはお前の父親に内緒で、屋敷を出たんだ。誰にも言わず、久利庵先生の診療所でおさちを産んで、両国の長屋で二人暮らしを始めた」

さちが、頷いた。

「お佐菜さんが晴太郎と出逢って、好きあって、お佐菜さんは晴太郎の嫁に、おさちは、晴太郎の娘になった」

「あの」

さちが、そっと口を挟んだ。

「何だい」

「さちは、とと様のよ
うしなの」

「養子は、子供だけが新しい親のところへ行くことを言うんだよ。おさちは、おっ母さんについて晴太郎のところへ来たから、養子ではないね」

「そっか」

少し気の抜けた相槌が、あどけなくて可愛い。

総左衛門は、内心でぼやいた。

この子には、もっとこういう顔をさせてやらなければ。

それぞれの気持ちは分かるが、お糸も茂市も、さちに多くを求めすぎなのだ。

「さて、続きを話そうか。どうして、お佐菜さんが屋敷を出たのか。そのお武家様は、偉い御方だったんだけれど、沢山のひとに、意地悪をした。お佐菜さんは、おさちにまで意地悪をされるのが怖かったんだ。だから、お腹の中にいるお前と一緒に、お武家様から逃げた。でも、晴太郎と仲良くなって暫く経って、お武家様はお佐菜さんとお前を見つけてしまった。だから、みんなの力を合わせて、お佐菜さんとおさちを守ったんだよ。おさちの歳がひとつ減ったのは、おさちが、本当はお武家様の子なのだと分からないようにしたからだ。嘘や誤魔化しは、いけないことだけど、これは許しておくれ。他にいい方策がなかったんだよ。どんなに顔や声が似ていても、歳が違えば、別の子だろう」

頷いたさちの顔が、ふいに歪んだ。

「『鬼ごっこの鬼』はさちの本当のお父っつあんだったんだ。そんなに意地悪な人だったの。おっ母さんが逃げなきゃならない程」

総左衛門は、小さな間を置いて、答えた。

「ああ、そうだ」

「お武家様のとこにいたら、おっ母さんもさちも、意地悪されていたのかな」

「多分。お佐菜さんとおさちを守ろうとした晴太郎にも、意地悪していたから」

弾かれたように、さちが顔を上げた。

「とと様、意地悪されて、いやな思いをしなかった」

「さあ、ちょっとは嫌な思いをしたかもしれないが、気づかなかっただろうね。お佐菜さんとおさちを守るのに一生懸命で。あの頃のとと様は、なかなか格好よかったよ。今はまたちょっと、頼りなくなってしまったけれど」

当てつけられても静かにしているところは、褒めてあげよう、晴太郎。

総左衛門は、胸の裡だけで、隣の部屋にいる晴太郎に話しかけてから、さちに向かい直した。

さちが、迷いながら確かめた。

「そのお武家様は、今、どうしてるの。もう、さちやみんなに、意地悪しない」

さちが、あの男のことを「お父っつあん」と呼んだのは、一度だけだな。晴太郎、よかったね。

ほんの少し安堵しながら、総左衛門は穏やかに告げた。

「死んでしまったんだ。急な病でね」

もとより、咎人であることも、重ねた罪を自らの命で贖《あがな》ったことも、伝えるつもりはない。鎧坂は、表向き病で亡くなったことになっている。誰に訊いても、同じ答えが返って来るはずだ。

だから、さちが知るのも「表向きの真実」でいい。

それから、母親の違う、歳の離れた兄が二人いること、その二人も佐菜とさちを助けてくれたことも伝えたが、さちは小さく頷いただけで、詳しく知りたがることはなかった。

それよりも、さちが思いつめた様子になったのが、総左衛門は気にかかった。

「他に訊きたいことがあったら、何でも言って御覧。約束だ、何でも答えよう」

さちは、縮こまり、俯いて、ようやく言葉を押し出す様に、訊ねた。

「沢山意地悪をしたお武家様の娘なんか、とと様、嫌いかな」

総左衛門は、はっとした。

襖の向こうでも、息を呑む気配がした。

さちは堰《せき》を切った様に、言い募った。

「もう、さちなんか、いらないかな。さち、とと様に嫌われたくなくて、幸おじちゃんや茂市っちゃんと離れたくなくて、仕事を一生懸命頑張ろうと思ったの。だから、本当はおとみちゃんの家移りの手伝いも、行きたくなかった。その間、さちの仕事が出来ないもの。火傷した日、どうしても心配になって、こっそりお店に戻った。とと様も茂市っちゃんも、羊羹の味の違いが分かるなんてすごいって、褒めてくれたから、もっと覚えようと思って、茂市っちゃんがしこんだ羊羹を見てみようとしたら、棚から落ちちゃって」

ぐす、と、さちが鼻を啜った。

「大事な羊羹をだめにした、そうりょう娘なんて、とと様、いらないかな。いたずらしたと、思われちゃったかな。だから、とと様、あんなに怒ったのかな。とっても優しいとと様に叱られるような子は、きっと、幸おじちゃんも茂市っちゃんも、嫌いだよね」

総左衛門は、ちんまりとしてしまったさちを、抱き上げて膝に載せた。

「どうしよう、伊勢屋のおじ様。さちはもういらない子だって言われたら、どうしよう。もう、娘じゃない、とと様じゃないって言われたら、どうしよう。さちのせいで、おっ母さんまで嫌われたら、どうしよう――っ」

「おさち。大丈夫。何も心配することはない。大丈夫だよ」

さちが、とうとう、うえぇ、と声を上げて泣き出した。

総左衛門は、背中をそっと叩きながら、大丈夫とだけ、繰り返した。

*

晴太郎は、さちに気づかれないよう、『伊勢屋』を後にした。

総左衛門は、さちをひたすら「大丈夫だ」とだけ繰り返して慰めていた。後のことは自分達で伝えろ、と背中を押されたような気がした。

西の家へ戻って、総左衛門がさちに伝えた話と、さちの「真実《ほんとう》」を、佐菜と幸次郎、茂市に聞いて貰った。

佐菜が泣いた。

晴太郎も、泣いた。

幸次郎の目も、赤かった。

さちよりも大泣きした茂市は、鼻を擦り過ぎ、鼻の頭の皮が赤く剝けてしまった。

それから三日経ち、ようやくさちが戻って来た。

佐菜が、何も言わず、さちを抱きしめた。

泣きながら、ごめんね、と言い合う母娘を、晴太郎達は、静かに見守った。

茂市っつあん、また鼻を擦ると、皮が剝けちまうよ。

さちを『藍千堂』まで送ってくれたのは、総左衛門の養子になるという、夏之助だった。

一見たおやかで、実は芯が強そうな佇《たたず》まいは、総左衛門によく似ていた。幸次郎が、「小父さんの装いが若々しくなった」と告げると、夏之助は少し得意げになって、自分が勧めたのだと、打ち明けた。華やかな縞や澄んだ色も、きっと似合うから、と。

さちは随分夏之助に懐いたようで、近いうちに生家へ戻るが、年が明ければ跡取りとして、ずっと『伊勢屋』にいると聞かされ、嬉しそうにしていた。

それから、晴太郎と佐菜、幸次郎、茂市は、さちを囲んで沢山話をした。

晴太郎が、さちが火傷をしたあの日、作業場で叱った訳を、

「おさちが悪戯をしたと思ったんじゃない。羊羹なんか、俺も茂市っつあんも、幾度もしくじったり零したりして、だめにしているんだよ。幸次郎のしくじりで、菓子を作り直したことだってある。だから、そんなことで、おさちを嫌いになったり、要らない子だと思ったり、しない。あの時は、おさちが危ないことをしたから、心配で叱ったんだ」

と告げると、さちは、ほっとしたような顔で、ぽろぽろと、大粒の涙を零した。

みんなで詫び、みんなで泣き、みんなで笑った。

まださちは、不安そうな顔をしていたが、根気よく、幾度も話をして、うんと大事にして、安心させようと、皆で話し合った。

戻って来た次の日から、さちは、早速「仕事がしたい」と言い出した。

――おさちの気の済むようにさせてやりなさい。間違っても、おさちは悪くないだの、無理をするなだの、仕事はもうしなくていいだの、言わないように。

そう、総左衛門に念を押された通り、さちの求めるまま、茂市と晴太郎、二人で色々なことを、少しずつ、さちに教えた。

内心、さちが無理をするのではないか、また「自分はいらない子だ」と、怯えるのではないかと、晴太郎は気が気ではなかった。

だが、帰ってきて五日ほどで、さちは、元の「何をするのも楽しそうなさち」に戻った。『藍千堂』から離れても焦ることはなく、一日おきに、西の家とおとみの家をおとみと一緒に行き来している。

総左衛門の言う通り、さちの気の済むようにさせたせいで、少しずつ心にゆとりが出来、周りが見え、落ち着いてくれたのだろう。

晴太郎は、さちがしてくれた仕事の給金だから、と理由をつけて、時々落雁《らくがん》や羊羹を、おとみにおすそ分けすることにした。

お糸は渋い顔をしたが、「仕事なんだから、給金がなければ変だ」と、押し通した。身内に給金なぞ聞いたことがないと、お糸はぼやいたが、折れてくれた。

さちは大喜びで、『藍千堂』の菓子を、おとみのところへ持って行っている。澄ました顔で、「ようやく、おとみちゃんも、『藍千堂《うち》』の羊羹のすごさを、分かったみたい」なぞと言うものだから、茂市が笑いを堪えすぎて腹の筋を傷めてしまった。

蒸し暑い午過ぎは、客足が鈍る。晴太郎達の昼飯を済ませた佐菜が、西の家へ帰ろうとするのを止め、晴太郎はさちに声を掛けた。

「おさち、総領娘は、ちょっとお休みしようか」

これは、一生懸命になりがちなさちの力を抜く、呪《まじな》いの言葉だ。晴太郎が続ける。

「とと様と一緒に、いいものを作ろう」

さちは、ちょん、と首を傾げ、訊いた。

「とと様、いいものってなぁに」

もうすっかり以前のさちだ。とと様の呼び方に、甘える響きが交じるようになった。

晴太郎は改めて、安堵と嬉しさを噛みしめた。

「作ってのお楽しみだ」

うきうきと告げると、さちは笑って「うーん、なんだろう」と応じた。

今日は、八《や》つ刻《どき》の金鍔の代わりに、新しい菓子を試してみるつもりだ。佐菜とさちにも食べて欲しくて、呼び止めたのだ。

茂市にも、幸次郎にも、「少し変わった菓子を試したい」とだけ話してある。

さちを作業場へ連れていき、せっせと明日の「茂市の煉羊羹」の支度をしている茂市の邪魔にならないよう、さちと二人、端に寄った。

使うものは、煮上がったばかりの潰し餡と、もち粉、醬油と讃岐物《さぬき》の三盆白《さんぼんじろ》。二階の隅から七輪と炭、餅を焼く網を引っ張り出してきた。

柏餅と同じように、ふるいにかけたもち粉を湯で捏《こ》ね、さちと一緒に、まだ熱い潰し餡を包む。

「餡で火傷しないように、気を付けて」

晴太郎の言葉に、さちは元気に「はぁい」と返事をした。

さちの小さな手で作った「餡餅」は、晴太郎のものよりも、二回り小さいが、綺麗な玉に仕上がっていた。

これを、中の餡が出ないように気を付けながら、小判型に潰す。

柏餅と違い、蒸さずにこのまま。

さちに潰して貰っている間に、晴太郎は醬油と三盆白を混ぜ、砂糖醬油のたれを作る。

あまり甘くしない方がいいだろう。かと言って、醬油だけでは、味が喧嘩をする。

「とと様、それ、どうするの」

「焼いた餅に塗るんだよ、ほら」

こうして、と言いながら、火を熾《おこ》した七輪の網に載せて炙《あぶ》っておいた小判型の餡餅の両面に、刷毛《はけ》で砂糖醤油をさっと塗り、七輪に戻す。

「うわあ」

気のせいか、さちの声が心配そうだ。

「大丈夫、ちゃんと美味しいから」

「本当」

「とと様に任せなさい」

楽しい遣り取りをしている間に、醤油の焦げる香ばしい匂いが、作業場に漂った。

匂いに誘われ、まず茂市が、次いで幸次郎がやってきた。

くん、くん、と匂いを嗅いでいたさちが、待ちきれない、という風に立ち上がり、「おっ母さん呼んでくる」と告げた。作業場では、周りに気を付けて歩いていたのに、出た途端走り出した後ろ姿が、滅法可愛い。

刷毛で、砂糖醤油を塗り重ねながら、焦がし過ぎないように餅を焼く。

幸次郎が、呆れた口調で「また、妙なものを」と呟いた。

茂市まで、「ちょいと、どんな味なのか、思い浮かびやせんねぇ」なぞと言っている。

「夏なのに、温かい菓子、甘い餡と醬油の塩気、案外いけると思うよ」

ほら、と焼き立てを、茂市と幸次郎へ渡す。

二人は、戸惑っているので、晴太郎がまず一口。

齧ったところから、潰し餡がふわりと湯気を立て、醬油の香りに、餡の甘い香りが交じる。

出来立ての餡は、まだ十分熱くて、晴太郎は、はふ、と熱を口から逃がした。

餅は、焼いた分、ふんわり柔らかく仕上がって、口の中で蕩《とろ》けるようだ。

まず広がる味は、砂糖醬油の甘辛。醬油が餅と合うのは、今更だ。続いてくるのが、潰し餡のはっきりした甘さ。

自分の頰が緩むのが分かった。

狙った通りの、味だ。

「醬油の香ばしい香りが、鼻から抜ける感じ、たまらないよ。潰し餡の甘さが、醬油の塩気で引き立ってる。うーん、うまい」

晴太郎の言葉に釣られたか、恐る恐る、幸次郎と茂市が、焼けた餡餅を口にした。

さっと目の色が変わる。

美味しいかどうかは、訊くまでもなかった。

幸次郎は、

「これは、やはり夏に売るのがいいか、いや、冬でもいけそうです。ああ、でも、焼き立てでなければ。ここは、四文柏餅のように店の前に屋台を出して、その場で召し上がっていただく――」

なぞと、ぶつぶつ言い始めたし、茂市は茂市で、砂糖醤油をもう少し工夫できそうだ、とか、餅は歯切れのいい餅も試してみたい、とか、早くも更なる旨さを追いかけ始めている。

三人揃って、菓子莫迦《ばか》だなあ。

にやにやしていると、背中から可愛らしい悲鳴が聞こえて来た。

「あー、とと様、幸おじちゃん、茂市っちゃん、先に食べたら、ずるいっ」

振り返れば、ぷく、と頬を膨らませたさちと、さちに手を引かれ、微笑んでいる佐菜の姿があった。

『藍千堂』は今日、賑やかで、幸せだ。

この作品は「文春文庫」のために書き下ろされたものです。

ＤＴＰ制作　エヴリ・シンク

文春文庫

子《こ》ごころ親《おや》ごころ

藍千堂《あいせんどう》菓《か》子《し》噺《ばなし》

定価はカバーに
表示してあります

2023年7月10日　第1刷

著　者　田《た》牧《まき》大和《やまと》

発行者　大沼貴之

発行所　株式会社 文藝春秋

東京都千代田区紀尾井町 3-23　〒102-8008
TEL　03・3265・1211㈹
文藝春秋ホームページ　http://www.bunshun.co.jp

落丁、乱丁本は、お手数ですが小社製作部宛お送り下さい。送料小社負担でお取替致します。

印刷製本・凸版印刷

Printed in Japan
ISBN978-4-16-792067-8

（　）内は解説者。品切の節はご容赦下さい。

高殿　円
剣と紅
戦国の女領主・井伊直虎
徳川四天王・井伊直政の養母にして、遠州錯乱の時代に一命を賭して井伊家を守り抜いた傑女。二〇一七年NHK大河ドラマにもなった井伊直虎の、比類なき激動の人生！（末國善己）
た-95-1

高殿　円
主君
井伊の赤鬼・直政伝
お前の〝主君〟はだれだ？　井伊家再興の星として出世階段を駆け上る井伊直政。命知らずの直政に振り回されながら傍で見守り続けた木俣守勝の目からその生涯を描く。（小林直己）
た-95-2

田牧大和
甘いもんでもおひとつ
藍千堂菓子噺
菓子職人の兄・晴太郎と商才に長けた弟・幸次郎。次々と降りかかる難問奇問に、知恵と工夫と駆け引きで和菓子屋を切り盛りする。和菓子を通じて、江戸の四季と人情を描く。（大矢博子）
た-98-1

田牧大和
晴れの日には
藍千堂菓子噺
菓子バカの晴太郎が恋をした!?　ところが惚れた相手の元夫は、奉行所を牛耳る大悪党。前途多難な恋の行方に不穏な影が忍び寄る。著者オリジナルの和菓子にもほっこり。（姜　尚美）
た-98-2

千野隆司
出世商人《しゅっせあきんど》（一）
急逝した父が遺したのは、借財まみれの小さな艾屋《もぐさや》だった。跡を継ぎ、再建を志した文吉だったが、そこには商人としての大きな壁が待ち受けていた!?　書き下ろし新シリーズ第一弾。
ち-10-1

千野隆司
出世商人（二）
借財を遺し急逝した父の店を守る為、新薬の販売に奔走する文吉。しかし、その薬の効能の良さを知る商売敵から、悪辣な妨害が……。文吉は立派な商人になれるのか。シリーズ第二弾。
ち-10-2

津本　陽
剣豪夜話
剣道三段、抜刀道五段の著者が描く武人の魂。歴史に名を刻んだ剣豪、現代に生きる伝説的な武人。その壮絶な技と人生を通じて、日本人の武とは何かを考える、著者最後となる一冊。
つ-4-72

（　）内は解説者。品切の節はご容赦下さい。

恒川光太郎
金色機械
時は江戸。謎の存在「金色様」をめぐって禍事が連鎖する――。人間の善悪を問うた前代未聞のネオ江戸ファンタジー。第67回日本推理作家協会賞受賞作。（東　えりか）
つ-23-1

鳥羽　亮
八丁堀「鬼彦組」激闘篇　奇怪な賊
大店に賊が押し入り番頭が殺され、大金が盗まれた。中からは厳重に戸締りされていて、完全密室状態だった。そしてまた別の店が――一体どうやって忍び込んだのか！　奴らは何者か？

と-26-15

鳥羽　亮
八丁堀「鬼彦組」激闘篇　福を呼ぶ賊
福猫小僧なる独り働きの盗人が、大店に忍び込み、挨拶代わりに招き猫の絵を置いていくという事件が立て続けに起きた。被害にあった店は以前より商売繁盛となるというのだが……。

と-26-16

土橋章宏
チャップリン暗殺指令
昭和七年（一九三二年）、青年将校たちが中心となり首相暗殺などクーデターを画策。陸軍士官候補生の新吉は、来日中の喜劇王・チャップリンの殺害を命じられた――。傑作歴史長編。

と-33-1

永井路子
炎環
辺境であった東国にひとつの灯がともった。源頼朝の挙兵、それはまたたくまに関東の野をおおい、鎌倉幕府が成立した。武士たちの情熱と野望を描く、直木賞受賞の名作。（進藤純孝）
な-2-50

永井路子
北条政子
伊豆の豪族北条時政の娘・政子は流人源頼朝に恋をする。源平の合戦、鎌倉幕府成立。御台所となり実子・頼家や実朝、北条一族、有力御家人の間で乱世を生きた女を描く歴史長編。（大矢博子）
な-2-55

中村彰彦
二つの山河
大正初め、徳島のドイツ人俘虜収容所で例のない寛容な処遇がなされ、日本人市民と俘虜との交歓が実現した。所長こそサムライと称えられた会津人の生涯を描く直木賞受賞作。（山内昌之）
な-29-3

（　）内は解説者。品切の節はご容赦下さい。

中村彰彦
名君の碑
保科正之の生涯
二代将軍秀忠の庶子として非運の生を受けながら、足るを知り、傲ることなく、兄である三代将軍家光を陰に陽に支え続け、清らかにこの世に身を処した会津藩主の生涯を描く。（山内昌之）
な-29-5

新田次郎
武田信玄
（全四冊）
父・信虎を追放し、甲斐の国主となった信玄は天下統一を夢みる（風の巻）。信州に出た信玄は上杉謙信と川中島で戦う（林の巻）。長男・義信の離反（火の巻）。上洛の途上に死す（山の巻）。
に-1-30

葉室　麟
銀漢の賦
江戸中期、西国の小藩で同じ道場に通った少年二人。不名誉な死を遂げた父を持つ藩士・源五の友は、名家老に出世していた。彼の窮地を救うために源五は……。松本清張賞受賞作。（島内景二）
は-36-1

葉室　麟
山桜記
命の危険を顧みず、男は妻のため出兵先の朝鮮半島から日本へ還る（「汐の恋文」）。大名の座を捨て、男は妻と添い遂げた（「花の陰」）。戦国時代の秘められた情愛を描く珠玉の短編集。（澤田瞳子）
は-36-7

畠中《はたけなか》　恵
まんまこと
江戸は神田、玄関で揉め事の裁定をする町名主の跡取・麻之助。このお気楽ものが、支配町から上がってくる難問奇問に幼馴染の色男・清十郎、堅物・吉五郎と取り組むのだが……。（吉田伸子）
は-37-1

畠中　恵
こいしり
町名主名代ぶりは板についてきたものの、淡い想いの行方は皆目見当がつかない麻之助。両国の危ないおニイさんたちも活躍する、大好評「まんまこと」シリーズ第二弾。（細谷正充）
は-37-2

畠中　恵
こいわすれ
麻之助もついに人の親に?!　江戸町名主の跡取り息子高橋麻之助が、幼なじみの色男・清十郎、堅物・吉五郎とともに様々な謎と揉め事に立ち向かう好評シリーズ第三弾。（小谷真理）
は-37-3

花房観音
色仏
十一面観音像に魅せられた青年・烏。僧になるため京の町にやって来たが、ある女と出会い、仏の道を諦め……。幕末を舞台に男女の情欲と人間の業を色濃く描いた野心作。（雨宮由希夫）
は-55-2

平岩弓枝
御宿かわせみ
「初春の客」「花冷え」「卯の花匂う」「秋の蛍」「倉の中」「師走の客」「江戸は雪」「玉屋の紅」の全八篇を収録。江戸大川端の小さな旅籠「かわせみ」を舞台とした人情捕物帳シリーズ第一弾。
ひ-1-201

平岩弓枝
新・御宿かわせみ
時は移り明治の初年。幕末の混乱は「かわせみ」にも降り懸かる。次代を背負う若者たちは悲しみを胸に抱えながらも、激動の時代を確かに歩み出す。大河小説第二部、堂々のスタート。
ひ-1-235

火坂雅志
天地人（上下）
主君・上杉景勝とともに、信長、秀吉、家康の世を泳ぎ抜いた名宰相直江兼続。〝義〟を貫いた清々しく鮮烈なる生涯を活写する長篇歴史小説。ＮＨＫ大河ドラマの原作。（縄田一男）
ひ-15-6

火坂雅志
真田三代（上下）
山間部の小土豪であった真田氏は幸村の代に及び「日本《ひのもと》一の兵《つわもの》」と称されるに至る。知恵と情報戦で大勢力に伍した、地方の、小さきものの誇りをかけた闘いの物語。（末國善己）
ひ-15-11

百田尚樹
幻庵《げんなん》（全三冊）
「史上最強の名人になる」囲碁に大望を抱いた服部立徹、幼名・吉之助は、後に「幻庵」と呼ばれ、囲碁史にその名を刻む風雲児だった。天才たちの熱き激闘の幕が上がる！（趙　治勲）
ひ-30-1

藤沢周平
隠し剣孤影抄
剣客小説に新境地を開いた名品集〝隠し剣〟シリーズ。剣鬼と化し破牢した夫のため捨て身の行動に出る人妻、これに翻弄される男を描く「隠し剣鬼ノ爪」など八篇を収める。（阿部達二）
ふ-1-38

（　）内は解説者。品切の節はご容赦下さい。

藤沢周平
海鳴り（上下）

心が通わない妻と放蕩息子の間で人生の空しさと焦りを感じる紙屋新兵衛は、薄幸の人妻おこうに想いを寄せ、闇に落ちていく。人生の陰影を描いた世話物の名品。（後藤正治）

ふ-1-57

藤井邦夫
恋女房　新・秋山久蔵御用控（一）

〝剃刀〟の異名を持つ南町奉行所吟味方与力・秋山久蔵が帰ってきた！　嫡男・大助が成長し、新たな手下も加わってスケールアップした、人気シリーズの第二幕が堂々スタート！

ふ-30-36

藤井邦夫
騙り屋《かたや》　新・秋山久蔵御用控（二）

可愛がっている孫に泣きつかれた呉服屋の隠居が金を用立ててやると、実はそれは騙りだった。どうやら年寄り相手に騙りを働く一味がいるらしい。久蔵たちは悪党どもを追い詰める！

ふ-30-37

藤原緋沙子
切り絵図屋清七
ふたり静

絵双紙本屋の「紀の字屋」を主人から譲られた浪人・清七郎は、人助けのために江戸の絵地図を刊行しようと思い立つ。人情味あふれる時代小説書下ろし新シリーズ誕生！（縄田一男）

ふ-31-1

藤原緋沙子
岡っ引黒駒吉蔵《くろこまのきちぞう》

甲州出身、馬を自在に操る吉蔵が、江戸で岡っ引になり大活躍。ある日町を暴走する馬に飛び乗り、惨事を防ぐ。怪我人がいないか調べるうち、板前の仙太郎と出会うが……。新シリーズ！

ふ-31-7

藤原緋沙子
花鳥

生類憐れみの令により、傷ついた小鳥を助けられず途方に暮れていた少女を救ったのは後の六代将軍家宣だった。七代将軍家継の生母となる月光院の人生を清冽に描く長篇。（菊池　仁）

ふ-31-30

万城目　学
とっぴんぱらりの風太郎（上下）

関ヶ原から十二年。伊賀を追われ京で自堕落な日々を送る〝ニート忍者〟風太郎。行く末は、なぜか育てる羽目になった「ひょうたん」のみぞ知る。初の時代小説、万城目ワールド全開！

ま-24-5

（　）内は解説者。品切の節はご容赦下さい

松井今朝子
老いの入舞い
麹町常楽庵 月並の記

若き定町廻り同心・間宮仁八郎は、上役の命で訪れた常楽庵で、元大奥勤め・年齢不詳の庵主と出会う。その周囲で次々と不審な事件が起こるが…。江戸の新本格派誕生！（西上心太）

ま-29-2

松井今朝子
縁は異なもの
麹町常楽庵 月並の記

町娘おきしの許婚が祝言間近に不審な死を遂げる。「私が敵を討ちます」――娘の決意に間宮仁八郎は心を揺さぶられる。大奥出身の尼僧と真相に迫る江戸の新本格第二弾。（末國善己）

ま-29-3

宮城谷昌光
楚漢名臣列伝

秦の始皇帝の死後、勃興してきた楚の項羽と漢の劉邦。覇を競う彼らに仕え、乱世で活躍した異才・俊才たち。項羽の軍師・范増、前漢の右丞相となった周勃など十人の肖像。

み-19-28

宮城谷昌光
三国志外伝

「三国志」を著したのは、諸葛孔明に罰せられた罪人の息子だった（「陳寿」）。匈奴の妾となった美女の運命は（「蔡琰」）。三国時代を生きた、梟雄、学者、女性詩人など十二人の生涯。

み-19-35

簑輪　諒
くせものの譜

武田の家臣であった御宿勘兵衛は、仕える武将が皆滅ぶ。いつしか世間は彼を「厄神」と呼ぶ。滅んだのは依田信蕃、佐々成政、北条氏政、結城秀康、そして最後に仕えしは豊臣秀頼！（縄田一男）

み-59-1

簑輪　諒
千里の向こう

龍馬とともに暗殺された中岡慎太郎。庄屋の家に生れた生真面目で理屈っぽさが取り柄のいごっそう（頑固者）は、魑魅魍魎が蠢く幕末の世で何を成し遂げたのか？　稀代の傑物の一代記。

み-59-2

諸田玲子
あくじゃれ
瓢六捕物帖

知恵と機転を買われて牢から解き放たれた粋な悪党・瓢六と、不承不承お目付役を務める堅物同心・篠崎弥左衛門の凸凹コンビが、難事件解決に活躍する痛快時代劇。（鴨下信一）

も-18-2

（　）内は解説者。品切の節はご容赦下さい。

山本一力
あかね空
京から江戸に下った豆腐職人の永吉。己の技量一筋に生きる永吉を支える妻と、彼らを引き継いだ三人の子の有為転変を、親子二代にわたって描いた直木賞受賞の傑作時代小説。（縄田一男）
や-29-2

山本一力
たまゆらに
青菜売りをする朋乃はある朝、仕入れに向かう途中で大金入りの財布を拾い、届け出るが——。若い女性の視線を通して、欲深い人間たち、正直の価値を描く傑作時代小説。（温水ゆかり）
や-29-22

山本兼一
火天《かてん》の城
天に聳える五重の天主を建てよ！　信長の夢は天下一の棟梁父子に託された。安土城築城の裏に秘められた想像を絶する創意工夫。第十一回松本清張賞受賞作。（秋山　駿）
や-38-1

山本兼一
利休にたずねよ
美の求道者ゆえ、秀吉に疎まれ切腹を命ぜられた利休。心の中には若き日に殺した女がいた。その秘めた恋と人生の謎に迫る圧巻の第140回直木賞受賞作。浅田次郎氏との対談を特別収録。
や-38-10

山本周五郎・沢木耕太郎　編
山本周五郎名品館Ⅱ
裏の木戸はあいている
今なお読み継がれる周五郎の作品群から選び抜かれた名品。「ちいさこべ」「法師川八景」「よじょう」「榎物語」「こんち午《うま》の日」「橋の下」「若き日の摂津守」等全九編。（沢木耕太郎）
や-69-2

山本周五郎・沢木耕太郎　編
山本周五郎名品館Ⅲ
寒橋（さむさばし）
周五郎短編はこれを読め！　短編傑作選の決定版。「落ち梅記」「人情裏長屋」「なんの花か薫る」「かあちゃん」「あすなろう」「落葉の隣り」「釣忍」等全九編。（沢木耕太郎）
や-69-3

谷津矢車
おもちゃ絵芳藤
歌川芳藤に月岡芳年・落合芳幾・河鍋暁斎ら個性溢れる絵師が、幕末から明治の西欧化の波に抗い苦闘する。絵師の矜持と執念に迫る、歴史時代作家クラブ賞作品賞受賞作。（岡崎琢磨）
や-72-1

（　）内は解説者。品切の節はご容赦下さい。

谷津矢車
雲州下屋敷の幽霊
背に刺青を入れられても恨み言一つ言わない女。貧乏漁師の家から吉原に売られた女。取り調べに決して口を割らぬ女——江戸時代の事件をモチーフに紡がれた珠玉の五篇。（田口幹人）
や-72-2

夢枕　獏
陰陽師《おんみょうじ》
死霊、生霊、鬼などが人々の身近で跋扈した平安時代。陰陽師安倍晴明は従四位下ながら天皇の信任は厚い。親友の源博雅と組み、幻術を駆使して挑むこの世ならぬ難事件の数々。

ゆ-2-1

夢枕　獏
おにのさうし
真済聖人、紀長谷雄、小野篁。高潔な人物たちの美しくも哀しい愛欲の地獄絵。魑魅魍魎が跋扈する平安の都を舞台に鬼と女人と恋する男を描く、「陰陽師」の姉妹篇ともいうべき奇譚集。

ゆ-2-26

吉村　昭
磔（はりつけ）
慶長元年春、ボロをまとった二十数人が長崎で磔にされるため引き立てられていった。歴史に材を得て人間の生を見すえた力作。「三色旗」「コロリ」「動く牙」「洋船建造」収録。（曾根博義）
よ-1-12

吉村　昭
虹の翼
人が空を飛ぶなど夢でしかなかった明治時代——ライト兄弟が世界最初の飛行機を飛ばす何年も前に、独自の構想で航空機を考案した二宮忠八の波乱の生涯を描いた傑作長篇。（和田　宏）
よ-1-50

渡辺仙州
三国志博奕《ばくち》伝
三国時代の呉を舞台に、博奕の力・奕力《イーリー》を持った男と、不思議な呪術で甦った三国志の英雄たちが、超立体ヴァーチャルリアリティの世界で奇想天外なギャンブル対決を繰り広げる。

わ-21-1